KB180226

예진문의 취미기록

예진문의 취미기록

2021년 2월 22일 1판 1쇄 발행
2021년 4월 12일 1판 3쇄 발행

—

지은이 문예진
펴낸이 이상훈
펴낸곳 책밥
주소 03986 서울시 마포구 동교로23길 116 3층
전화 번호 02-582-6707
팩스 번호 02-335-6702
홈페이지 www.bookisbab.co.kr
등록 2007. 1. 31. 제313-2007-126호

—

기획 한혜인
디자인 디자인허브

—

ISBN 979-11-90641-35-7 (03810)
정가 13,500원

ⓒ 문예진, 2021
이 책은 저작권법에 따라 보호를 받는 저작물이므로 무단전재와 무단복제를 금합니다.
이 책 내용의 전부 또는 일부를 사용하려면 반드시 저작권자와 출판사에 동의를 받아야 합니다.

책밥은 (주)오렌지페이퍼의 출판 브랜드입니다.

예진문의 취미기록

문예진(@yejinmoon_) 지음

책밥

prologue 1

기록을 하는 이유

저는 기억력이 나쁜 편입니다. 그런 까닭에 소중한 추억들을 쉽게 잊어버리는 게 싫어 어릴 때부터 참 부지런히 기록을 했습니다. 중학생 때는 비밀 일기장에, 고등학생 그리고 대학생 때는 블로그에, 직장인이 되어서는 인스타그램과 유튜브를 활용했어요.

기록을 더욱 성실히 해야겠다고 다짐한 건 외할머니 외할아버지의 리마인드 웨딩 스냅 촬영 때였습니다. 두 분은 컬러 사진이 존재하지 않았던 시절, 귀하디 귀한 필름 카메라를 소장하고 있던 이웃에게 부탁해 조촐한 결혼식 사진을 찍었지만 카메라에 빛이 들어가는 바람에 단 한 장의 사진도 못 건

졌다고 해요. 앨범을 볼 때마다 결혼사진이 없다고 속상해하는 할머니 할아버지를 위해 가족들이 사진 촬영 이벤트를 준비했었답니다. 사진을 찍으러 가는 길에 할머니는 생각에 잠긴 표정으로 이런 말씀을 하셨어요. "난 더 이상 우리 엄마 얼굴이 생각이 안 나. 사진 한 장이 없어서. 엄마를 영영 잃어버린 기분이야." 그러고는 "요즘 세상이 정말 좋아졌다"라는 말도 덧붙이셨죠. 할머니의 목소리에 마음이 아려 대답조차 하지 못했어요. 그저 기록이 갖고 있는 힘을 다시 한번 깨달았을 뿐이었어요.

기록에 대한 집념이 강해진 또 다른 이유는 친할머니 때문이에요. 어린 시절 바쁜 부모님을 대신해 절 키워주신, 제가 가장 존경하는 할머니는 현재 치매를 앓고 계세요. 그렇게나 사랑하던 손녀를 알아보지 못하십니다. 사진 하나 편하게 남기지 못하던 시절을 사시느라 할머니의 젊은 시절 추억을 되살릴 방법이 없다는 게 너무 속상했어요. 대신 앞으로 할머니와 함께하는 시간을 제가 더 많이 기억하기로 했습니다. 행복하고 재밌는, 때로는 슬프고 아픈 나날들조차 오래도록 간직할 수 있도록 꾸준히 흔적을 남기기로 다짐했습니다. 시간이 지나 다시 꺼내봤을 때 소중한 사람과 함께했던 그 추억에 온전히 머물 수 있도록…

아무리 사소한 기록이라도 모든 기록은 참 소중한 것 같습니다. 바쁜 일상 탓에 잊고 있던 추억을 다시 꺼내어 행복했던 순간으로 데려다주는 힘을 가지고 있지요. 앞으로도 주변 사람들과 함께한 시간을, 할머니 두 분이 추억하고 싶어할 만한 순간을, 나이 들어가는 부모님의 모습을, 어른이 되어가는 나의 과정을 부지런히 기록하며 살아가려 합니다. 잊고 싶지 않은 소중한 순간들의 흔적을 가슴속에 짙게 남기고 싶습니다.

취미기록을 하는 이유

지금 와서 떠올려보면 저는 학창 시절 삶의 목표도 꿈도 없었던 것 같습니다. 다른 친구들이 목표 대학을 정해 열심히 공부하고, 인상적인 장래희망을 써낼 때 전 당당하게 '백수'라고 적어내던 학생이었어요. 때문에 선생님의 핀잔도 자주 들었었죠. 공부도 잘 못하고 꿈도 없던 제가 유일하게 좋아하던 것이 미술이었어요. 어느 날 미술 선생님이 절 눈여겨보셨는지 미술로 꼭 대학에 보내겠다고 하시는 거예요. 철이 덜 든 저는 "대학 안 가고 졸업하자마자 돈 벌 거예요"라며 쓸데없는 패기로 선을 그었답니다. 패기마저 크지 못해 어찌어찌 디자인 전공으로 대학을 가긴 했지만 여전히 꿈같은 건 없었습니다. 마지막 학기에 동기들이 다들 디자인 회사에 취업을 하길래 저도 그 길을 따라 걷게 되었어요.

특별한 목표 없이 회사를 다니면서 틈날 때마다 이런저런 취미를 즐겼습니다. 어느 날은 온종일 사진을 찍으러 돌아다니고, 다른 날은 조용한 카페에서 그림을 그리고, 평범한 하루를 영상에 담아보기도, 기르는 식물들의 일지를 쓰기도, 요리를 해먹고 레시피를 공책에 적기도 했어요. 좋아하는 물건이나 행복했던 여행에 대해 SNS에 기록하는 것도 좋아했고요. 반복되는 일상 사이사이에 숨구멍이 되어주더라고요. 그러면서 점점 삶의 목표란 게 생겼던 것 같아요. 연말마다 나만의 연례행사처럼 한 해 동안의 기록물을 살펴보는 시간을 갖는데 그 시간이 너무 좋았어요. 뛰어난 문체의 작가가 쓴 에세이보다도, 유명한 포토그래퍼의 사진보다도 어설픈 나의 기록이 참 재밌게 느껴졌어요. 그렇게 충전하는 시간을 갖고 나면 다음 해를 잘 보낼 수 있을 것 같은 용기도 생겼답니다.

요즘은 많은 분들이 자기계발을 위해서 기록을 하죠. 저는 그럴싸한 이유를 가지고 기록을 시작한 건 아니에요. 그저 좋아하는 순간을 오래 기억하고 싶어서 일단 뭐라도 남겨본 것입니다. 차곡차곡 흔적을 남겼을 뿐인데 어느덧 진짜 내 마음을 마주하게 되었죠. 어떻게 보내는 시간을 좋아하는지. 어떠한 방향으로 나아가고 싶은지. 온전히 내가 보려고 남긴 기록들이 나를 표현하는 수단이 되어 인연을 맺게 해주기도 하더군요. 그렇게 제 취향이 듬뿍 담긴 브랜드도 만들게 되었고, 다양한 분들과 재밌는 작업도 하게 되었습니다. 소설가 '앤 라모트'가 했던 말을 소개하고 싶습니다. "글을 쓰고 싶다면, 무조건 자판을 두드려라." 행동으로 옮기지 않고 생각에서만 그쳤다면 아마 이렇게 책을 쓸 일도 없었을 테고, 더 오랜 시간을 꿈 없이 살았을지 모릅니다.

그동안 꾸준히 기록해온 제 취미에 대한 이야기를 모아 한 권의 책으로 선보입니다. 한 분야의 전문가로서, 울림을 주는 작가로서 쓴 글이 아니라 조금은 어설플지도 모릅니다. 취미 부자로서 저만의 기록 방법을, 취미를 즐기며 생긴 에피소드와 그때그때 느낀 감정, 그리고 나누고 싶은 정보들을 편하게 담았습니다. 제 기록들이 여러분의 마음에 가닿아 본인이 좋아하는 것들을 자신만의 방식으로 기록해 보았으면 합니다. 취미의 사전적 의미는 '전문적으로 하는 것이 아니라 즐기기 위하여 하는 일'이라고 해요. 애쓰지 않고 가볍게, 좋아하는 것들의 흔적을 남기며 행복을 찾아가길 바랍니다.

2021년 봄을 앞두고
문예진 드림

contents

| **yejinmoon** |

the record of
my hobby

part 01

취미기록 방법

사진으로 기록하기
● 필름 카메라 ●

필름 카메라만의 느낌적인 느낌

중학교 1학년 때부터 사진에 관심이 생겨 몇 년간 엄마와 아빠를 졸랐고 첫 카메라로 DSLR(Digital Single Lens Reflex의 줄임말로 필름 카메라에 디지털 방식을 접목시킨 것. 필름 대신 사진을 저장하기 위한 장치가 내장되어 있음)을 손에 넣었다. 나는 깔끔한 결과물을 만들어내는 것이 장점인 디지털 카메라로 사진을 찍고 굳이 필름 느낌으로 보정하는 것을 좋아했다. 필름 카메라가 지금처럼 유행하지도 않았는데 말이다. '아날로그 파리'라는 사진 보정 어플이 한창 유행해 간편하게 필카 느낌으로 보정할 수도 있었지만 나만의 톤을 입히고 싶단 생각에 포토샵으로 직접 틀을 만들어 꽤나 번거롭게 보정을 했다.

필름 느낌 보정 전

필름 느낌 보정 후
(청량한 느낌을 주는 블루톤과
필름 느낌을 주는 옐로우톤을 입혀 보정)

수많은 시도 끝에 포토샵으로 필름 사진 느낌 나게 보정하는 방법을 터득했고 그게 뭐라고 참 기뻐하던 기억이 있다. 사진의 색감을 죽이기 위해 채도를 조금 낮춘 다음, 그 위에 빈 레이어 2~3가지를 깔고 사진의 톤과 어울리는 컬러들을 골라 추가한 레이어에 페인트툴로 칠을 한다. 이후 원본 사진과 추가한 레이어를 혼합 변경(Blending mode_Hue)한다. 예를 들어 따뜻한 느낌의 사진일 경우 노란색 계열의 레이어를 더해주고 여름의 푸르른 느낌을 주고 싶을 경우 초록색 계열의 레이어를 더해준다. 마지막으로 상단의 필터 탭에서 노이즈를 약간 입혀주면 아날로그 느낌 가득한 사진이 완성된다.

귀찮게 뭐 하러 작업을 2번씩이나 하냐고 물어본다면 이유는 단순하다. 그때 나는 필름 카메라의 아날로그적인 매력이 좋았지만 필름 카메라까지 구매할 형편이 되지 않았기 때문이다. 몇십만 원을 지불해서 새로운 장비를 구하는 대신 포토샵으로 필름 감성을 구현하는 방법을 찾은 것이다. 그렇게 몇 년 동안은 디지털 카메라인 DSLR로 사진을 찍고 후보정을 하곤 했다. 그런데 어느 날 회사 언니들 사이에서 필름 카메라 붐이 일었다.

보정 전 　　　　　　　　　　보정 후

사용한 컬러 ●●

보정 전 　　　　　　　　　　보정 후

사용한 컬러 ●●●

단점투성이인
필름 카메라가 뭐가 좋다고!

하늘이 맑았던 초여름 날, 필름 카메라로 사진 찍는 것을 좋아하는 언니들 3명과 DSLR을 사용하는 나까지 4명이서 망원 한강공원에 필사를 나갔다. 공원으로 향하는 길에 나름 촬영 소품이라고 다이소에서 비눗방울과 밤에 찍으면 근사할 것 같은 스파클라 폭죽까지 구매했다. 석양이 슬슬 지기 시작할 무렵 한강공원에 도착해 너 나 할 것 없이 다들 자연스럽게 셔터를 눌렀다. 일렁이는 물결을 찍는 언니, 그 모습을 찍는 또 다른 언니, 그 둘의 모습을 담고 있는 나와 내 모습을 찍는 언니. 같은 취미를 지닌 우리는 행복한 시간을 보냈다. 내가 찍은 사진의 결과물은 바로 확인할 수 있었지만 필름 카메라로 찍은 언니들의 사진은 그럴 수 없다는 점이 정말 불편했다. 내가 어떤 표정을 지었는지 전혀 알 수 없고, 혹여 웃기게 찍히기라도 했으면 그 자리에서 바로 지워달라고 했겠지만 그럴 수도 없고. 장당 거의 천 원씩이나 들여 스캔을 해야 확인할 수 있다니 이 얼마나 답답할 노릇인가. 빠르게 변화해 가는 이 시대에 어울리는 디지털 카메라를 사용해야지 왜 느리고 답답한 아날로그 카메라를 사용하냐며 장난 반 진심 반으로 핀잔을 주자 언니들은 약속이라도 한 듯 내게 비슷한 대답을 건넸다.

"이렇게 한 장씩 아껴가며 찍다 보면 필름 한 롤을 다 쓰기까지 시간이 꽤 흘러. 한참 지나고 스캔을 해서 사진을 바라보면 잊고 지냈던 순간들이 다시 떠올라서 좋아. 그리고 우리가 지금 눈으로 보는 색감과 풍경은 이렇잖아? 필름 카메라로 찍으면 또 느낌이 달라지는데 그게 궁금해."

하루 만에 한 롤을 다 사용한, 우리 중에서 사진 찍는 것을 가장 좋아하는 언니는 바로 다음 날 스캔을 맡겼지만 나머지 두 사람은 한 롤을 채우는데 꼬박 6개월이라는 시간이 걸렸다. 수개월 만에 마주한 사진 속 풍경과 우리들의 모습은 어설펐지만 참 예뻤다. 인위적이지 않은 자연스러운 색감과 여러 가지 잔상이 내 마음속에 강렬하게 남았다. 며칠간 고민하다 결국 결심했다. 본가인 청주 도청 앞에 위치한 다 쓰러져가는 작은 카메라 집에 무턱대고 찾아가 할아버지 사장님에게 필름 카메라를 추천해달라고 한 것이다.

사장님은 처음이니 일회용 필름 카메라부터 사용하는 것을 추천했고, 나는 일회용 필름 카메라가 정확히 뭔지도 모르고

덥석 14,000원을 주고 구매했다. 나름 기념사진을 남기고 싶어 처음으로 내 사진을 찍었고 그다음으로 언제나 내 옆에 있어주는 남자친구의 사진을 찍었다. 한 장을 찍을 때마다 필름을 손으로 감아야 했는데, 그 과정은 꽤나 번거로웠다. 그런데도 엄지로 톱니바퀴 모양의 부속품을 오른쪽으로 미는 행위에서 기분 좋은 떨림이 느껴졌다. 다섯 번째 장을 찍기 위해 필름을 감던 도중 한 가지 의문이 들었다. 24장을 다 찍고 나면 이 카메라에 내장되어 있는 필름을 빼야 할 텐데 그럼 카메라는 다시 돌려받을 수 있는 걸까? 속삭이는 내 말을 들은 남자친구는 당황한 얼굴로 "일회용이 왜 일회용이겠어"라고 답했고 나는 그 단순한 사실을 깨닫고 한동안 충격에 빠졌었다. DSLR은 셔터를 막무가내로 눌러도 돈이 전혀 들지 않는데, 이 일회용 필름 카메라는 장당 필름값을 내면서 24장을 찍으면 더 이상 쓰지도 못한다니! 필름을 채우기 위해 아무런 고민 없이 찍었던 다섯 장의 사진이 아까워지는 순간이었다.

그럼에도 특유의 사진 느낌이 좋아 세 차례 더 일회용 필름 카메라를 사용했고, 이후 필름 사진을 전문적으로 찍는 지인으로부터 중고로 올림푸스 자동 필름 카메라를 구매했다. 그때부터 필름 카메라에 대해 좀 더 깊은 관심을 갖게 되었다.

어느 날은 회사 근처에 필름 카메라 중고숍이 있다는 사실을 알게 돼 점심시간에 밥도 거르고 방문해 야시카 수동 필름 카메라를 구매했다. 이렇게 일회용, 자동, 수동 필름 카메라를 모두 사용해보게 된 것이다.

필름 카메라 구경하기 좋은 곳

- 엘리카메라 : 연남동, 연희동에 3개 지점이 있다. 1호점은 '필름 카메라 박물관'이라는 타이틀로 제품을 전시하는 곳이며 여러 가지 체험이나 교육, 렌탈을 진행한다. 2호점은 판매 위주로 영업하고, 3호점은 '엘리브러리'라는 콘셉트로 필름 사진 관련한 책들을 읽을 수 있게 도서관처럼 꾸며놓았다.

- 을지로 망우삼림 : 이름은 '나쁜 기억을 잊게 해주는 망각의 숲'이라는 뜻. 필름 현상소이자 스튜디오로 필름 사진을 인화하거나 디지털 파일로 변환하고 싶을 때 방문한다.

- 건대 아날로그공간 : 필름 카메라 수리점이자 판매도 하는 곳. 이곳에서 야시카 필름 카메라를 구입했다.

일회용 필름 카메라로 찍은 지하철 창밖 풍경

일회용 필름 카메라로 찍은 지하철 플랫폼

수동 필름 카메라
트라우마

일회용 필름 카메라는 사진의 해상도가 좋지 않고 표현되는 색감도 한정적이며 노이즈도 많이 생기지만 기본적인 특성을 파악하기 위해 필름 카메라 입문자들이 꼭 한두 번은 거쳐야 할 단계라고 생각한다. 그 후부터는 자동과 수동 중에 선택을 하면 되는데 둘 다 사용해본 결과 나는 아직도 수동이 어려워 자동 카메라를 선호한다. 두 버전을 비교하면 촬영 감각이 있는 사람이 찍었을 땐 수동 카메라가 월등히 우세한 결과물을 보인다(기가 막힌 심도 표현, 조리개 값과 ISO를 섬세하게 조절할 수 있어 더욱 완벽한 사진을 찍을 수 있음). 하지만 수동 카메라는 모든 설정값을 직감에 의지해야 하므로 처음 사용할 때는 필름 한 롤을 다 버릴 각오를 해야 한다. 나 또한 그런 조언을 받았었지만 무시했다가 잊고 싶지 않은 순간의 연속이었던 여행지에서 찍은 사진 거의 전부가 초점이 날아간 적이 있다. 이후 트라우마가 생겨 지금까지 쭉 설정값이 촬영 환경에 따라 적절히 맞춰지는 자동 필름 카메라를 사용하고 있다.

수동 필름 카메라로 찍은 사진

자동 필름 카메라로 찍은 사진

아껴두었다가 꺼내보는
추억의 기록

어쩌면 조금 뻔한 말일 수 있지만 필름 카메라로 사진을 찍으면 디지털 카메라로 찍는 것보다 퀄리티는 떨어질지라도 추억이 오래도록 선명히 남는다. 무더웠던 여름날 아파트 복도에 들어오던 노을빛, 반차를 내고 집에 가던 길에 올라탄 아무도 없던 전철의 내부, 잠깐만 서 보라는 딸의 요청에 어깨를 펴고 멋쩍은 웃음을 짓던 초점 나간 아빠의 얼굴, 오랜만에 놀러 간 시골집에서 겨우 졸라 찍은 마지막이 된 할아버지의 사진까지. 한 장 한 장 아껴서 찍다 보니 사진 속 모든 기억이 여전히 선명하다.

바쁜 일상에 치여 잊고 지냈던 행복했던 순간을 송두리째 끄집어내어 그 기억 속으로 데려다주는 필름 카메라. 이 글을 쓰면서 할아버지와 마지막으로 찍은 사진을 꺼내보았다. 굽은 어깨와 백발의 머리, 손녀와 함께 카메라를 보며 어색하게 웃던 모습이 눈에 아른거린다. 셔터가 눌리자 '뭘 이런 걸 다 찍어~' 하고 손사래치던 목소리가 귓가에 맴돈다. 그날 할아버지와 손녀를 흐뭇하게 지켜보던 할머니가 차려준 소박한 다과상까지도.

할머니와의 추억이 깃든 다과상

사진으로 기록하기
●DSLR과 미러리스 카메라 ●

아마추어 사진작가

작년까지만 해도 나는 사진 찍는 것과는 무관한 직업을 가진 사람이었다. 그럼에도 카메라와 줄곧 한 몸처럼 붙어 다녔다. 학창 시절에는 핸드폰으로 거의 모든 일상을 사진 찍고 보정하는 게 취미였으며, 나의 첫 DSLR 카메라인 니콘 d5300(구입 당시 가격은 렌즈 포함 60만 원)을 손에 넣은 후부터는 지인들을 대상으로 재미 삼아 스냅 사진을 찍어주기도 했다. 디지털 카메라를 산 그 해에는 정말 많은 곳을 여행했다. 국내부터 시작해 해외 곳곳을 돌아다니며 수많은 사진을 찍었다. 여행지에서 찍은 사진들을 꾸준히 SNS에 올렸고, 의도치 않게 포트폴리오가 되어 지인들로부터 정식 촬영 의뢰가

들어오기 시작했다.

사진작가도 아닌데 돈을 받고 사진 찍어주는 일을 하게 되다니. 부담이 되기도 하고, 감회가 새롭기도 했다. 처음으로 돈을 받고 촬영을 하게 된 건 청주에서 열리는 공예 비엔날레였다. 매주 열리는 공예 관련 클래스에서 스케치 컷과 강사 및 수강생을 찍는 것이 나의 일이었다. 매주 토요일 총 5회에 걸쳐 참여해 사진을 찍었는데 회차가 거듭될수록 익숙해지기는커녕 긴장감만 고조됐다. 심지어 항의를 받고 재촬영을 요구하는 악몽을 꾸기도 했다. 걱정과는 다르게 일은 순탄하게 마무리됐지만 괜히 혼자 느낀 부담감과 두려움이 너무 커서 그 후 3년 동안은 가까운 지인의 웨딩 스냅 사진을 가끔 찍어주는 것을 제외하고는 내게 비용을 지불하고 전문적인 사진을 요청하는 작업 의뢰는 일체 받지 않았다.

내 사진으로 포스터 만들기

그렇지만 카메라와 나는 여전히 한 몸이었다. 부담 없이 취미로 찍는 것은 여전히 재밌었다. 오래 간직하고픈 사진은 '#예진_여행', '#예진_필름', '#예진_자취방' 등으로 해시태그를 나눠 인스타그램에 업로드를 한다. 블로그처럼 분류할 수 있는 게시판이 따로 없는 인스타그램에서 해시태그는 간편하게 원하는 종류의 사진들만 분류해서 볼 수 있는 장치이다. SNS에 잘 분류해서 기록해두면 시간이 지나고 모아 봤을 때 더 의미있게 느껴진다.

한동안은 내가 찍은 사진으로 포스터를 만든 후 방에 붙여 '#예진_자취방'이란 태그로 게시물을 썼다. 시중에 판매되는 포스터가 아닌 굳이 내 사진으로 포스터를 만든 이유는, 저렴한 비용으로 세상에서 하나뿐인 내 공간이라는 것을 확실하게 보여줄 수 있단 생각에서였다. 오로지 나만 할 수 있는, 나를 아주 잘 드러내는 인테리어 요소랄까?

포스터를 제작하는 나만의 방식은 이러하다. 집에 있는 프린터로는 모니터에서 보이는 색감으로 출력하는 게 불가능한 일이기에 소량으로 인쇄해 주는 업체를 찾아 맡긴다. 종이의 질감과 두께도 한몫을 하기에 인쇄하고자 하는 사진이나 디자인에 어울리는 질감의 종이를 신중히 선택한다. 사진 포스터 같은 경우는 유광지(ex. 아트지)보다 무광지(ex. 반누보 화이트, 랑데부 울트라 화이트)가 더욱 고급스러운 느낌을 준다.

또한 재질만큼 중요한 것이 종이의 무게이다. 엽서를 인쇄할 때는 종이의 무게가 250g인 약간 두꺼운 종이로 선택하는 것이 좋지만(얇은 종이는 전단지 같아 보일 수 있다), 크게 출력하는 포스터는 벽에 잘 붙어있어야 하기에 120g~180g의 무게를 선택하는 것이 좋다.

▶ 영상 Play
〈내가 찍은 사진으로 포스터 만드는 방법〉

한 번은 인스타그램에 업로드한 포스터 사진 덕분에 재밌는 프로젝트를 하게 된 적이 있다. 어느 날 갑자기 한 유명 사진작가로부터 한 통의 메일을 받은 것이다. 자신이 곧 사진으로 포스터를 제작하는 'Postershop'이란 브랜드를 오픈할 예정인데 그 시작을 함께 했으면 좋겠다는 내용이었다. 메일을 받고 이제껏 찍어둔 사진 중 제일 좋아하는 사진 몇 장을 고심 끝에 골라 전달했다. 팀장님에게 처음 컨펌을 받으러 가는 신입사원의 마음처럼 조마조마했다. 사진을 전문적으로 배운 적도 없고, 다른 전문 작가들과 비교해 어설퍼 보이면 어떡하지, 이걸 정말 판매해도 괜찮은 걸까? 걱정 반 기대 반으로 메일을 보냈다. 답은 다음 날 바로 왔다. 다행히도 긍정적인 반

Postershop에서 판매중인 포스터,
스위스 리기산 DSLR 번들렌즈로 촬영

응이었고, 판매가 시작되고는 우려했던 바와 달리 많은 분들이 내 포스터를 찾아주었다. 내가 찍은 사진이 다른 분들의 근사한 집에 걸려 있는 후기를 볼 때마다 마음이 벅찼다. '내 사진을 이렇게 좋아해 주는 분들이 계시는구나' 깨달은 후로는 용기를 내어 조금씩 작업 의뢰도 받기 시작했다. SNS에 좋아하는 사진을 꾸준히 올렸을 뿐인데 어찌어찌 아마추어 사진작가가 되어 있었다. 혹여나 부담감에 소중한 취미를 잃어버릴까 지금은 한 걸음씩 나아가고 있다. 아주 조금씩.

애정하던 DSLR을 뒤로하고
미러리스로 갈아타다

첫 디지털 카메라를 사용한 지 4년 정도 되니 카메라를 바꾸고 싶단 고민이 한 번씩 머리를 스쳤다. 장비에 대한 욕심은 별로 없었기에 감각을 길러 비싼 카메라만큼의 퀄리티를 내보자고 다짐해왔었는데… 점점 내가 경험하게 되는 세상이 넓어지면서 경이로운 풍경의 웅장함을, 놓치고 싶지 않은 순간의 감동을 더 잘 담고 싶단 욕심이 생겼다. 렌즈를 아무리 좋은 것으로 바꿔도 그걸 받쳐주는 바디가 좋지 않으면 렌즈가 발휘할 수 있는 실력의 100%를 끌어내지 못한다는 것을 인정하고 고심 끝에 카메라를 바꿨다. DSLR에서 미러리스 카메라로 갈아탄 시점이었다. 그동안 콤팩트한 미러리스보다 묵직한 DSLR이 전문적이고 고성능의 카메라라고 생각했었는데 카메라 구입을 위해 알아볼수록 편견이라는 것을 깨달았다. 요새는 미러리스도 DSLR과 성능적으로는 큰 차이가 없는 것 같다. 미러리스(mirrorless)는 이름 그대로 피사체를 반사해 줄 수 있는 미러박스가 없어 가볍다. 또한 전자식 뷰 파인더로 미리 출력이 되기 때문에 화면으로 편하게 보면서 그 모습 그대로 촬영할 수가 있다. 반면 미러박스가 내장된 DSLR은 묵직하며, 화면이 아닌 눈을 뷰 파인더에 갖다 대고 보면서 촬영해야 한다. 눈으로 확인한 그대로 찍고 싶어도 ISO와 셔터스피드 등의 설정값이 적용되지 않은 상태로 셔터를 누르기에 보고 있는 것과 다른 결과물이 나타날 확률이 높다. 조명이 있는 스튜디오 촬영을 많이 하거나 사진 원리에 대한 충분한 지식을 갖고 있는 전문 사진작가들이 DSLR을 많이 쓰는 것 같다. 나는 일상적으로 편하게 사진을 찍고 싶어 두 번째 디지털 카메라로 미러리스를 선택했다(캐논 EOS RP).

카메라를 바꿀 때가 되니 렌즈에 대한 고민도 피할 수 없었다. 처음 카메라를 사용할 땐 번들렌즈로도 충분했는데 사진을 찍을수록 렌즈의 세계가 궁금해졌다. 번들렌즈는 기본 패키지에 포함되어 있거나 적은 비용으로 추가 구입할 수 있는 기본 렌즈로 제조사에서 카메라에 입문한 사람들이 사진에 대한 즐거움을 느끼기에 충분한 스펙을 심어 둔 제품이다. 예를 들면 조리개 값의 조절 범위가 적절해서 어두운 곳에서 조리개를 충분히 열 수 있고, 밝은 곳에서 조리개를 충분히 닫을 수 있다. 또한 초점을 잡을 수 있는 최소~최대 촬영 거리가 적당해서 근접샷과 풍경샷을 가리지 않고 촬영할 수 있다. 대신 대부분 평균치 정도로 값이 설정되어 있다 보니 극적인 효과를 내긴 어렵다. Postershop에서 판매하고 있는 모든 사진들은 전부 번들렌즈로 촬영한 것이다. 반대로 고성능 렌즈는 번들렌즈보다 훨씬 더 디테일하고 섬세하게 설정값을 조절할 수 있어 조금 더 개성 있고 전문적인 사진을 찍을 수 있다는 강점이 있다. 하지만 역시 가격적인 부분이 만만치 않다는 것은 큰 단점이다. 번들렌즈로 충분히 카메라와 친해진 후 사진에 대한 욕심이 생겼을 때부터 고성능 렌즈를 하나 둘 구비해도 늦지 않다고 생각한다.

내가 제일 좋아하는 기록의 방식은 뭐니 뭐니 해도 사진이다. 사진은 움직이는 피사체를 일시정지시켜 놓치고 싶지 않

DSLR 고성능 렌즈로 찍은 사진

DSLR 고성능 렌즈로 찍은 사진

은 순간을 가둬주며, 잊고 싶지 않은 순간을 영원히 기억할 수 있게 해준다. 영상보다 생생함은 덜 하지만 당시의 기억을 곱씹어 볼 수 있는 여지를 주는 게 사진의 매력 같다. 셔터를 누르기 전에는 늘 호흡을 멈추고, 셔터를 누르고 나서야 겨우 내쉴 수 있지만 그 긴장감이 어쩐지 싫지만은 않다. 사진은 언제나 평범한 일상을 의미 있게 만들어 주며 좋아하는 것을 더 오래 좋아할 수 있게 해준다.

카메라 촬영의 기본, 노출 이해하기

카메라로 촬영할 때 '노출의 3요소'를 이해하면 다양한 환경에서 원하는 느낌으로 촬영하기가 수월하다. 노출이란 렌즈를 통해 카메라 센서로 들어오는 빛을 말한다. 이 빛의 양을 물리적으로 조절하는 카메라의 핵심 요소로는 ISO, 셔터스피드, 조리개 3가지를 들 수 있다.

- ISO : 빛에 반응하는 감도를 말한다. ISO 수치를 높이면 빛에 대한 민감도가 높아진다고 생각하면 된다. 빛이 적은 어두운 상황에서도 카메라 센서가 빛을 최대한 많이 끌어들이는 것이다. 반대로 ISO 수치를 낮추면 빛에 둔감해져 사진이 어둡게 찍힌다. ISO 100 보다 ISO 200일 때 2배 더 빛에 예민해진다. 햇볕이 쨍한 낮에는 ISO를 낮추고 밤에는 800 이상으로 높혀야 물체가 잘 보인다(카메라 기종에 따라 차이는 있다). ISO 수치를 2배 높이면 빛에 민감해져 빛을 2배로 많이 받아들이게 되니 동시에 노이즈가 발생한다. 즉, ISO가 낮을수록 선명한 사진을 찍을 수 있다. 디지털 카메라로

찍을 때 노이즈가 있는 느낌을 내기 위해 ISO를 의도적으로 높이기도 한다. 참고로 필름 카메라는 장착하는 필름에 감도가 설정되어 있다. ISO 100 / 200 / 400 / 800 등. 이중 ISO 100은 사진이 어둡게 나오지만 선명한 편이고, ISO 800은 밝게 나오지만 노이즈가 약간 더 생긴다는 차이가 있다. 빛이 적은 실내 촬영 시 최소 ISO 400 이상인 것이 적합하며 실내/외부, 낮/밤 등 촬영 환경에 맞게 선택하면 된다.

- 셔터스피드 : 촬영을 위해 셔터를 눌렀을 때 셔터막이 올라갔다 내려오는 시간을 말한다. 초단위이며 1/60초, 1/250초 등으로 표기된다. 분모의 숫자가 커질수록 셔터막이 빠르게 닫히는 것이다. '차알칵~' 이렇게 셔터스피드가 느린 경우엔 순간적으로 들어오는 빛이 많아 밝고, '찰칵!' 이렇게 셔터가 빠르게 닫히면 빛이 적게 들어와 어두워진다. 셔터스피드를 낮추면 그만큼 순간포착을 하기 어려우므로 흔들림이 발생할 확률이 높아진다. 잔상이 남는 사진을 찍기 위해 셔터스피드를 의도적으로 낮추기도 한다.

- 조리개 : 조리개를 얼마나 열고 닫느냐에 따라 렌즈로 들어오는 빛의 양을 조절할 수 있다. 카메라에서 F라고 표시되며 F 뒤의 숫자가 작을수록 조리개가 많이 열려 빛이 많이 들어오고, F 뒤의 숫자가 크면 반대로 조리개가 많이 닫혀 빛이 적게 들어온다. 즉, 이론적으로 따지면 촬영 시 주변이 어두울 경우 조리개를 열어 빛이 많이 들어오게 해야 한다.

DSLR 고성능 렌즈로 쩍은 사진

영상으로 기록하기

숨어서 예술 영화를 보는 것이
취미였던 중학생

어릴 적 내가 제일 재밌어하던 시간은 친구들과 노는 것이 아닌, 새벽에 예술 영화를 보는 것이었다. 작정하고 흥행을 노린 상업 영화보다 잔잔한 울림이 있고 오래도록 곱씹을 수 있는 영화들을 찾아보았다. 엄마 아빠가 잠든 새벽, 방문을 아주 살며시 닫고 불을 끈 채 컴퓨터를 켰다. 부팅될 때 나는 웅웅 거리는 소음이 안방까지 들릴까 노심초사하며 수상하리만큼 숨죽여 준비를 했다. 창문 밖에서 들려오는 잡음도 없고, 화면 외에 빛 한 줄기 없는 어둠 속에 나만의 작은 영화관이 펼쳐질 때 밀려오는 행복감이란. 별다른 취미가 없던 학창 시절 내 삶의 낙이었다.

  감독의 색깔이 잘 묻어난 예술 영화로 수많은 밤을 지새우고 나니 나도 언젠간 그런 영화를 만들고 싶단 생각이 들었다. 중학교 1학년, 고작 14살짜리 학생 문예진의 다짐이었다. 결심 후 얼마 지나지 않아 윈도우 무비메이커로 영상을 만들기 시작했다. 당시 무비메이커에서 내가 사용하던 기능은 파워포인트에서나 볼 수 있는 촌스러운 편집 효과 몇 가지, 자르고 붙이는 컷편집, 음악과 텍스트를 어설프게 입히는 것뿐이었다. 지금은 '브이로그(영상으로 일상을 기록하는 것)'가 흔한 콘텐츠가 되었지만 당시에는 개념조차 없어 주변에 영상을 취미 삼아 찍는 사람도 별로 없었고, 영상 편집의 기술에 대해서는 인터넷을 뒤져도 배우기가 쉽지 않았다. 기존 영화의 영상들을 조각 내고 나름대로 짠 스토리에 맞게 짜깁기 하는 것이 문예진표 영화 만들기의 전부였다. 어디에도 공유하지 못하는 영상을, 아무도 시키지 않았지만 열심히 만들면서 영화감독이 되고 싶다는 마음을 채우곤 했다.

내게 제일 재밌는 영화는
나의 일상 이야기

해가 거듭될수록 기술이 급진적으로 발달해 핸드폰으로도 영화를 찍을 수 있는 시대가 왔다. 유튜브를 통해 본인의 일상을 담은 영상을 공유하는 사람들도 확연히 많아졌다. 나 역시 2019년부터 핸드폰과 카메라로 일상 영상을 찍어 꾸준히 유튜브에 업로드하고 있다. 영상 한 편에 투자하는 시간은 짧으면 12시간, 길면 최대 10일 정도. 주로 작업은 퇴근하고 밤 9시부터 시작하는데, 새벽 3시까지 하다가 더 하고 싶은 마음을 누르고 잠자리에 든다. 주말을 앞두고는 날이 밝아 올 때까지 편집한 후 인코딩을 끝낸 영상을 유튜브에 올리고 나서야 침대에 눕는다. 잠들기 전 내가 만든 영상을 다시 되돌려 보는 시간이 무척이나 좋다. 내가 직접 기록한 것이기에 자막 한 줄 한 줄에 격하게 공감할 수 있고, 지나온 시간들을 다시 끄집어내 추억할 수 있다. 타인의 근사한 기록과 견주어도 어설픈 나의 기록이 나는 제일 재미있다. 영상은 어떠한 기록 방식보다도 생생하다. 적당한 위치에 분위기에 맞는 음악을 집어넣으면 평범했던 내 일상을 영화로 만들어 주는 것 같기도 하고.

사진에 이어 영상에까지 취미를 들였다고 영상용 카메라를 따로 장만할 여유는 없었다. 기존에 갖고 있던 니콘 d5300으로 사진과 영상을 모두 촬영했다. 실내에서는 삼각대를 놓고 카메라로 촬영하고, 외부에서 일상을 기록할 때는 핸드폰으로도 찍고 있다. 촬영한 영상들은 모두 하나의 폴더에 모은 후 '어도비 프리미어 프로'로 편집을 진행한다. 요즘은 괜찮은 편집 어플이 많아 굳이 한 달에 몇 만 원이라는 돈을 지불하며 어도비 프로그램을 다운로드하지 않아도 된다. 나도 처음엔 스마트폰 어플을 써봤는데 간편하지만 특색을 살리는 데 제한이 많았다. 아무리 평범한 일상 기록을 한다고 해도 나만의 색이 묻어나길 바랐다. 프리미어는 어플보다 익혀야 할 기능이 많다 보니 처음엔 어플로 만든 것보다도 어설픈 영상이 완성되지만 다양하게 변화를 줄 수 있어 서툴러도 손때가 묻어있는 느낌이 든다. 유튜브 검색을 통해 몇 가지 기본 기능(컷편집, 인트로 디자인, 자막 삽입, 인코딩하기 등)을 익힌 후 좋아하는 음악을 삽입하고, 원하는 색감으로 보정을 하면 나만의 감성이 채워진다. 내 감성으로 채운 영상들을 유튜브에 하나 둘 모으면 나를 표현하는 스크랩북이 된다. 또 계속해서 영상을 돌려 보다 보면 내가 뭘 좋아하는지, 뭘 잘할 수 있는지, 갈피를 잡지 못했던 취향을 어느 순간 알아차릴 수 있게 된다.

나는 한 분야에 지식이 해박한 것도 아니고, 고퀄리티의 영상을 제작할 만큼 기술력이 있거나 아이디어가 기발하지도 않다. 그렇기에 그저 꾸밈없이 일상을 영상에 담아내고 있다. 처음엔 10명이라도 보면 일기장을 들킨 것 마냥 민망했는데, 3년이 지난 지금은 수많은 사람들이 평범한 나의 일상에 대한 영상을 봐주고 공감해 주는 것이 참 감사하고 행복하다. 취향이 맞는 사람들과 소통을 하며 좋아하는 것에 대해 더 확신을 갖게 된다. 그렇게 영상 기록을 이어나가고 있다.

▶ 영상 Play
나만의 이야기가 담긴
〈my new tattoo, 그리고 아무도 살지 않는 집〉

인트로와 BGM의 힘

영상 기록을 할 때 도입부인 15~30초짜리의 인트로에 많은 공과 시간을 들이는 편이다. 영화의 줄거리를 함축적으로 담아 예고편을 만드는 것처럼 인트로를 정성껏 만든다. 인트로를 잘 만들어 두면 훗날 내가 다시 영상을 찾아볼 때 내용을 기억해 내기 편하고, 영상을 처음 보는 이들에게 해당 편에 어떤 내용이 담겨있는지 빠르게 알려줄 수 있다. 수많은 영상

중 내 영상을 찾아와준 소중한 사람들이 뒤로 가기 버튼을 누르지 않게 시선을 잡아 끄는 역할을 해준다. 인트로는 보통 짧게 자른 영상들을 붙여서 만들거나 사진의 조합으로 만든다. 여기에 디자인 소스들을 입히는데 디자인적인 부분은 프리미어가 아닌 포토샵에서 작업하는 편이다. 포토샵에서 디자인 작업을 마친 후에는 배경을 투명하게 해주는 png 형식으로 저장한 뒤 프리미어에서 소스를 불러온다. 이렇게 하면 작업 시간도 훨씬 단축되고 디테일한 부분까지 간편하게 손볼 수 있다.

▶ 영상 Play
인트로에 신경 쓴 〈saturday my room〉

영상 편집에 있어 인트로만큼이나 중요하게 여기는 것이 배경에 깔리는 음악, BGM 선정이다. 음악이 주는 힘은 크다. 아무리 영상미가 뛰어나도 영상과 어울리지 않은 음악이 나온다면 감동이 사라진다. 음악 선정은 영상을 촬영하고 전체를 편집하는 것만큼 오랜 시간이 걸린다. 영상을 처음 제작할 때는 아무런 지식이 없어서 저작권에 위반되는 음원을 사용했다가 영상이 차단이 되는 경우도 있었다. 저작권이 있는 음원이기에 발생한 수익이 저작권자에게 가는 건 상관없었지만 영상이 차단되는 것은 매우 마음 아팠다. 그렇다고 유튜브에서 무료로 제공해 주는 오디오 라이브러리의 음악에는 손이 잘 가지 않았다. 후에 물색한 방법은 'soundcloud'라는 음원 배급 플랫폼에서 무료 음원들을 찾아 제작자에게 사용 가능 여부를 직접 물어보고 사용하는 것이었다. 하지만 이것도 저작권자의 마음이 바뀌면 저작권법에 걸리는 형태라 불안정했다. 상업적인 영상 제작을 해야 할 일도 종종 있어서 'artlist'라는 유료 음원 사이트를 이용하기 시작했다. $199(약 24만 원)의 금액을 지불하고 1년 구독을 하면 저작권 걱정 없이 상업적으로도 마음껏 사용이 가능하다. 카테고리가 크게 Mood, Video Theme, Genre, Instrument로 구분되어 있고, 음악의 분위기를 표현해 주는 키워드와 심지어 악기 종류까지 선택이 가능하여 마음에 드는 노래를 고르기가 쉽다. 장바구니에 담아 놓은 후 체크아웃한 음원들은 등록해 둔 메일로 mp3, wav, 라이선스 파일이 동시에 발송되는데, 라이선스 파일은 필요한 순간이 생길지 모르니 메일함에 간직해 두는 것이 좋다. 영상 편집을 처음 시작할 땐 우선 유튜브 오디오 라이브러리의 음원을 이용해보고, 허락받는 게 조금 번거롭지만 soundcloud도 활용해보면 좋다. 이후에 좀 더 퀄리티

있는 영상 기록을 하고 싶다면 유료 음원 사이트 이용을 추천한다.

인트로 디자인 소스 만들기 팁

- 콘셉트, 무드를 미리 정한다. '빈티지 레트로'라 정했다면 유튜브에서 크리에이터들이 무료로 배포하는 영상용 빈티지 소스들을 취합해 다운로드 받은 후 활용해본다.

필름 콘셉트

레트로 콘셉트

타이포 위주

콜라주

영화 자막 콘셉트

- 원하는 폰트가 마땅히 없을 시 아이패드가 있다면 '프로크리에이트' 어플을 이용해 손글씨를 써서 활용하고, 아이패드가 없을 경우 포토샵에서 투명 레이어에 마우스로 글씨를 써서 활용한다. 배경이 없는 png 형식으로 저장해야 프리미어에 불러왔을 때 글씨만 나타난다.

아이패드 손글씨

마우스 손글씨

- 영상을 편집하기 전, 미리 인트로 부분의 스토리보드를 짜면 시행착오를 줄일 수 있다. 인트로에 들어갈 글귀, 사진, 영상들을 미리 정해둔다.

종이에 기록하기

손 가는 대로 마음 가는 대로
끄적끄적 드로잉 일기

가끔은 사진이나 영상이 아닌 그림으로 일상을 기록한다. 사진과 영상보다 내면의 감정을 좀 더 솔직하게 표현하게 되는 드로잉 일기. 여행을 떠날 땐 전자기기보다 언제 어디서든 꺼낼 수 있는 펜과 종이를 들고 다니는 게 편해 특히 여행지에서는 드로잉 일기를 많이 쓴다. 도구는 작은 가방에도 무리 없이 들어가는 B6사이즈의 드로잉북과 4B연필 그리고 볼펜 하나면 충분하다. 여행지에서 할 것이 없으면 어디든 앉아 풍경을 바라보며 그림을 그린다. 시간 때우기용으로 아무 생각 없이 그렸던 그림이 어떨 땐 사진보다 더욱 선명하게 당시의

프라하 동물원에서 그린 플라밍고

프라하 비셰흐라드에서 혼자 심심해서 그린 그림

일들을 떠오르게 한다. 어느 날은 세세하게 그렸다가 또 어느
날은 엄청 대충 그렸다가 컨디션이나 상황에 따라 미세하게
달라지는 그림체를 보는 것도 흥미롭다.

식물 일지 쓰는
다정한 식물 집사

한 장씩 뜯어 쓰는 메모지에 집에서 키우는 식물의 생김새
를 그리고, 식물의 이름을 적는다. 계절마다 물은 어느 주기
로 얼마만큼 주는 것이 적당한지 등 해당 식물이 잘 자라는
조건에 대해 간단하게 표기한다. 잊지 않기 위해 시선이 자주
머무는 곳에 붙여 두면 식물 대하기를 소홀히 하지 않게 된
다. 식물 일지를 쓸 때는 '피스 오브 조이(pieceofjoy.co.kr)'에
서 판매하는 메모지를 애용한다.

맛있는 기억이 담긴
레시피 노트

심플한 노트에 내가 좋아하는 레시피들을 적어 나만의 요리책을 만들고 있다. 왼쪽 페이지에는 메뉴의 이름과 이 음식에 관한 에피소드를 적고, 오른쪽에는 어떤 음식인지 한눈에 알아보기 위해 간단한 그림을 그린다. 이어서 필요한 재료, 음식을 만드는 데 걸리는 소요시간, 레시피를 작성한 후 직접 음식을 만들면서 느낀 보완할 점 또는 더 맛있게 먹는 방법 같은 팁도 잊지 않고 채운다. 특히 좋아하는 메뉴들은 낱장 메모지에 옮겨 싱크대 상부장에 붙여 둔다. 찌개, 칵테일, 베이킹 등 분야별로 베스트 레시피를 꼽아 매일같이 들여다보면 요리할 때마다 일일이 핸드폰을 보거나 책을 뒤져보는 수고로움이 없어 편하다. 저절로 레시피가 외워지기도 한다. 핸드폰에 저장해둔다 한들 다시 찾아서 보지 않게 되어 오랫동안 두고두고 보고 싶은 것들은 꼭 종이에 기록하는 편이다.

▶ 영상 Play
〈다이어리 꾸미는 거 그거 어떻게 하는 건데〉

Ragu pasta.
(10.20)

Warm and Ricad

개요: 토마토, 마늘, ⓐ 올리브유, 소고기, 돼지고기, 토마토 페이스트

엑스트라버진 에바, 치킨스톡1개, 소금·후추, 버터, 허브가루

소요시간: 120분

작년 여름, 펜션에서 처음 접했던 라구소스. 한 입, 입안 가득 넣으면 육즙가득 간 고기가 토마토소스와 함께 가득했던 그 맛이다. 그리고 에바를 주로 사용했던 파스타 중 제일 맛있었던 '라구'를 재현하려 했었다.

① 양파, 당근을 다져 기름으로 볶다가 그 위에 고기를 수분이 날아갈때까지 볶는다.
② 와인을 300ml 정도 붓고, 보글보글 날아갈때까지 끓여준다.
③ 토마토 페이스트와 토마토, 치킨스톡과 물을 붓고 조금 졸여준다.
④ 뚜껑을 닫고 2시간 이상 뭉근하게 졸여준다.
⑤ 소스가 수분이 너무 많을 경우 뚜껑 열어주고, 기호에 따라 부족한 간은 소금을 첨가한다면 완성을 보고 더 졸여준다.

TIP: 물이 날아갈때까지 뭉근하게 녹진하게 졸여준다.

나는야 방구석 평론가!
티켓 수집과 짤막한 감상평

뮤지컬, 콘서트 등의 공연을 관람하면 꼭 티켓과 함께 감상평을 남긴다. 나만의 관점을 더해 기록해두면 더 오래도록 감흥을 지키게 된다. 접착제로 붙이기 아까운 티켓들을 어떻게 보관하면 좋을까 생각하다가 종이로 작은 주머니 여러 개를 만들어 활용하고 있다. 공책 왼편에 종이 주머니를 붙이고 그 안에 티켓을 꽂아둔 후 반대편에는 사심 가득 담아 콘서트 관람 후기를 작성하는 것이 나만의 티켓 수집 기록 방법이다.

보통날의 흔적을 차곡차곡 기록한
영수증 일기

스트레스가 쓸데없는 소비로 이어지는 버릇을 고치기 위해, 또는 돈을 많이 썼을 때 이 지출의 정확한 출처를 알기 위해 작성하기 시작한 가계부. 돈 절약을 주목적으로 기록했지만 모아두고 보면 내가 좋아하는 장소와 음식, 브랜드와 같은 취향을 알아차릴 수 있기도 하다. 왼쪽 면에는 하루 동안 출력된 영수증들과 총 지출액을 적어 놓고, 오른쪽 면에는 어느 장소에서 어떤 것을 구매했고 왜 구매했는가에 대한 자세한

(1) 스케치도 무대분위기 후기.

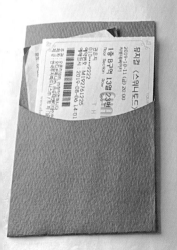

(2) 헤더

내용을 기록한다. 요즘은 카드와 연동된 가계부 어플이 잘 나와 있어 쓰기 편하지만 영수증 일기의 아날로그한 매력에 빠져 결국 편리함을 포기했다. 추억할 거리가 많은 날에는 빠뜨리지 않고 꼭 영수증 일기를 쓰려 한다.

스스로를 칭찬하고 도닥이는 시간
경험 연말정산

해마다 연말이 되면 1년 동안 있었던 일 중 인상적이었던 경험을 정리하는 시간을 갖는다. 나만의 경험 연말정산, 연말 시상식인 셈이다.

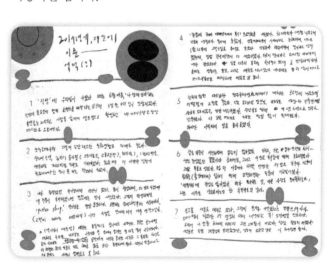

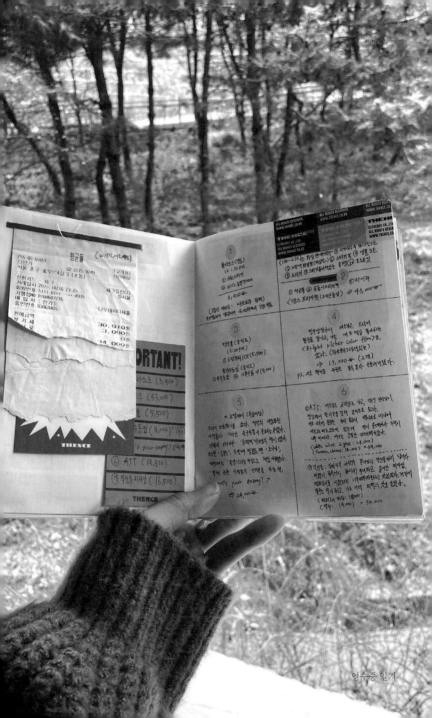

| yejinmoon |

the record of

my hobby

part 02

예진문의 취미기록
수집한 것들

빈티지 가구 수집

빈티지 가구의 늪에 빠지다

자취를 시작했을 때는 22년 만에 생긴 나만의 첫 공간을 얼른 채우고 싶어 당시 유행하는 인테리어로 남들과 비슷하게 집을 꾸몄었다. 얼마 지나지 않아 특색 없는 우리 집을 보고 싫증이 났고, 집이라는 공간에 대한 애정이 특별하지 않았다. 그러다 우연히 빈티지 가구를 접하면서부터 나만의 색깔이 담긴 인테리어에 관심이 생겼고, '#예진_자취방'이라는 해시태그를 달아 자취방 인테리어 사진을 기록하는 게 또 하나의 취미가 되었다. 빈티지 가구에 빠지게 된 이유는 우선 희소성 때문이다. 기성품과 달리 수량이 적어 잘 조합하면 세상에 하나뿐인 인테리어를 할 수 있다. 쇼룸의 케어를 받으며 오랜

기간 사용할 수 있는 것도 장점이다. 쇼룸마다 다르긴 하지만 잔고장이 생겼을 때 꼼꼼히 체크해 주는 시스템이 있는 곳에서 구입하면 시간이 지날수록 내 가구가 더 멋스러워지는 듯하다. 또한 기성품에서 찾아볼 수 없는 디테일을 찾는 재미가 쏠쏠하다. 외부는 원목인데 내부 상판은 컬러풀하게 칠해져 있다든지, 하나의 제품인데 손잡이마다 디자인에 차이가 있다든지, 상판과 하판의 목재가 달라 묘한 컬러감이 전해진다든지 등 통일되지 않은 디테일이 매력적이다. 마지막으로 쇼룸의 에디터들이 전해주는 큐레이션 스토리(제품의 특징, 역사, 디자이너)를 듣는 게 참 재밌다. '이야기가 깃든 가구'를 소장하게 된다는 것이 뭔가 값지고 흥미롭게 느껴진다.

빈티지 가구에 대한 관심은 내 취향을 잘 아는 동료 사진작가와의 대화에서 시작됐다. 자신의 지인이 3개월에 한 번씩 빈티지 가구 팝업 스토어를 여는데 내가 정말 좋아할 것 같다며 추천을 해주었다. 이름은 '킨스마켓'. 우리 집에서 지하철 2번, 버스 2번을 갈아타야 도착하는 먼 곳이었지만 번거로움을 무릅쓰고 팝업 스토어를 찾아갔다. 지금은 유명한 곳이지만 당시엔 인지도가 낮아서 오후 5시에 입장했음에도 팔리지 않은 가구들이 많았고 명색이 3개월에 한 번씩 열리는 장이었는데 손님이 10명도 채 되지 않았다. 스튜디오는 큰 컨테이너 창고를 개조한 듯했다. 창문 밖으로는 거대한 나무와 울창한 풀숲들이 보였고, 차분한 재즈가 흘러나왔으며, 원목 가구에서 나는 특유의 나무 냄새가 은은하게 코를 찔렀다. 사실 이런 곳은 처음이라 무척이나 긴장한 상태였지만 다른 사람들에게 티를 내지 않기 위해 다분히 노력하는 자세를 취했다. 가구에 일가견이 있는 양 여유 있는 척(하지만 아주 열심히) 구경하던 중 기성 가구들과는 다른 빈티지 가구의 디테일에 푹 빠져들었다. 마음에 쏙 드는 가구들이 계속 레이더망에 포착되자 경직되어 있던 얼굴에 화색이 돌았다. 딱 가격표를 보기 전까지.

빈티지 가구들은 견고하고 아름다워 당장 집에 데리고 가고 싶은 마음이 들지만 가격표를 확인하면 그런 마음이 쏙 들어간다. 그럼에도 세상에 몇 개 없는 가구라고 생각하면 또 사고 싶단 충동이 생긴다. 수많은 제품 중에 비교적 저렴한 가격대의 수납장을 겨우 고르고는 한참 동안 그 앞을 서성였다. 이내 결심을 하고 통장 잔고를 확인한 후 당분간 외식이라도 금지해야겠다는 소심한 다짐을 했다. 주위를 한 번 둘러봤다. 창문 밖은 어느새 깜깜해지고 건물을 빛내고 있던 노란

처음으로 구입한 빈티지 가구

불빛들은 전보다 더 밝아졌다. 나는 침을 한 번 꼴깍 삼키고 근처에 있는 직원을 불렀다. 조심스럽게 "이거 구매하고 싶은데요"라고 말하자 내가 고른 가구에 대해 나긋나긋한 목소리로 차분히 설명을 해주기 시작했다. 상판 밑 부분에 숨겨진 판을 꺼내면 책상으로도 사용이 가능하고, 하단의 수납공간에는 전용 열쇠가 있어 이중 잠금이 가능하다며 제품의 디테일한 면에 대해 설명해 주었다. 또한 스웨덴에서 넘어온 제품이며 한국에 이 디자인은 하나뿐이라는 말도 덧붙였다. 역시 나의 결심이 옳았다는 감동이 밀려와 흥분을 감추지 못한 목소리로 당장 계산해달라는 말을 외쳤다. 통장은 순식간에 가벼워졌지만 내 마음만큼은 풍족해졌다. 그곳에서 구매한 가구가 내 인생 첫 빈티지 가구였고 그렇게 이 세계에 발을 들이게 되었다. 한동안 출근길에 나서는 매일 아침마다 이 수납장을 보며 더 열심히 일해야겠다는 다짐을 하곤 했다.

빈티지 가구 쇼룸 투어

이후에는 안목을 넓히기 위해 더 많은 가구 쇼룸을 방문했다. 쇼룸은 대부분 서울이 아닌 경기도권에 있었는데, 차가 없는 나는 대중교통을 여러 번 갈아타서 가거나 마음 맞는 사

킨스마켓

람들을 모아 차를 렌트해 갔다. 그 정도로 쇼룸 가는 일에 열정적이었다(참고로 서울권에 쇼룸을 차린 분들도 더 많은 재고를 보관하고 있는 창고는 경기도에 따로 두는 경우가 많다). 발품을 팔다 보니 나름 좋은 쇼룸에 대한 나만의 기준도 생겼다. 기억에 남는 쇼룸은 최근에 다녀온 '컬렉션 오브'라는 곳이다. 쾌적한 공간에 가구들이 카테고리별로 깔끔하게 전시되어 있어 비교하며 보기 편했다. 또한 관심 가는 가구가 있다면 사장님으로부터 가구의 디테일한 특징들, 그리고 가구를 만든 디자이너에 대한 이야기를 끊임없이 들을 수 있다. 이제까지 다녀 본 쇼룸의 많은 사장님들은 내가 어리다는 이유인지, 아니면 구매하지 않을 것처럼 생겨서인지, 먼저 물어보지 않는 한 말을 잘 걸지 않았는데, 이 분은 달랐다. 더 많은 정보를 알려주고 싶어 작정하신 것 같았다.

자신이 이렇게 오프라인 공간을 열어 정보를 공유하게 된 계기에 대한 이야기도 전해주었다. 덴마크에서 유학 생활을 했었는데 당시 돈이 없음에도 이런 가구 쇼룸들을 매일 방문하면서 많은 제품들을 보는 것이 유일한 낙이었다고 했다. 하루가 멀다하고 쇼룸을 찾아오는 타국의 학생이 기특했는지, 안쓰러웠는지 직원들은 여러 정보들을 알려주었고, 그들과 대화를 나누며 살아있는 공부를 할 수 있어 행복했다는 것이다. 그 기억이 너무 좋았기에 자신도 이 쇼룸에 오는 손님들이 구매를 하지 않더라도 많은 대화를 나누고 취향을 공유하고 가길 바란다고. 오래도록 수집해 온 지식들을 처음 본 사람들에게 즐거운 마음으로 공유하는 모습이 멋있어 보였다.

얼마나 이 일에 진심으로 임하는지 알 수 있는 대목은 따로 있었다. 대부분 해외에서 빈티지 가구를 수입해 오면 별다른 복원과 마감 없이 일시적으로 잘 보이기 위해 오일칠만 해서 파는 경우가 꽤 많다. 문제가 생기면 나 몰라라 하는 경우도 여러 번 봤다. 나 역시 고가의 제품에 하자가 있어 문의한 적이 있었는데 "목공 풀로 다시 붙이세요"라는 연락을 받고 다시는 빈티지 가구를 구매하지 않으리라 마음의 문을 닫기도 했었다. 하지만 컬렉션 오브의 사장님은 수입한 가구들의 모든 복원 작업을 직접 한다고 했다. 자신이 판매하는 제품에 대해 끝까지 책임지려는 모습이 인상적이었다. 구매한 고객들에게 전용 카드를 발급해 주는 점도 독특하다. 쇼룸에 전시되기 전 입고 예정인 제품들의 정보를 개개인에게 미리 공유해주어 계속 이곳의 제품을 수집하고 싶게 만든다. '컬렉션 오브'라고 브랜드 이름을 정한 이유는 이곳에서 가구를 구매

한 사람들의 이름을 오브 뒤에 붙이기 위함이라고. 컬렉션 오
브 뒤에 나의 이름이 적히는 것이다. 컬렉션 오브 예진문. 예
진문의 컬렉션.

예진문의 컬렉션

야금야금 모으다 보니 이제 나만의 가구 컬렉션이 생겼다.
2019년 11월 킨스마켓 방문을 시작으로 2개의 빈티지 수납
장, 6개의 빈티지 의자, 독일에서 온 7개의 빈티지 조명, 모
로코와 스웨덴에서 건너 온 5개의 러그, 2개의 선반장을 집
과 사무실에 들였다. 또래 친구들이 명품백을 살 때 나는 빈
티지 가구들을 수집한 것이라며 가벼워진 통장을 달래본다.
수집을 하며 꿈이 하나 생기기도 했다. 예전의 나에게 여행의
목적은 단순히 관광이 전부였는데, 집을 꾸미기 시작하면서
더 많은 빈티지 가구들을 접하기 위한 여행을 떠나고 싶어졌
다. 한국에서 볼 수 없는 제품들을 두 눈으로 보고 물건에 담
긴 생생한 이야기를 전해 듣고 싶다. 다양한 시간과 이야기를
품고 있는 물건들로 집을 채워 훗날 우리 집 자체가 예진문의
컬렉션이 되길 꿈꿔본다.

스크랩해둔 빈티지 가구 쇼룸 리스트

- 킨스마켓 : 경기도 광주 / 몇 달에 한 번씩 열리는 빈티지 팝업 스토어. 주로 스웨덴 빈티지 가구를 판매한다(빈티지 수납장, 선반장, 의자 2개, 러그, 장스탠드 구매).

- 터프 : 서울 중구 / 모던하고 심플한 빈티지 가구를 판매. 다른 곳에 비해 의자가 다양한 편이다(의자 2개 구매).

- 오드플랫 : 서울 성동구 / '임스체어' 전문 판매처. 임스체어 컬렉터인 사장님이 세계 곳곳에서 구한 제품을 꼼꼼한 복원 과정을 거쳐 판매한다(DSS Side Chair(Parchment), PACC Chair 구매).

- 컬렉션 오브: 경기도 남양주 / 다른 곳에 비해 제품에 사장님의 개성이 많이 묻어있으며 설명을 잘 해주어 관련 지식을 얻어갈 수 있다(수납장 구매).

- 빅슬립샵 : 서울 서대문구 / 독일 빈티지 조명, 소품 판매(머쉬룸 조명, 천장 조명 구매).

- GUVS(GU Vintage Shop) : 경기도 파주시 / 미국에 본사를 두고 있는 회사에서 운영하는 쇼룸. 4층 규모의 공간에서 의자, 테이블, 조명, 패브릭, 포스터 등을 판매한다.

- 사무엘 스몰즈 : 서울 성동구 / 코지하고 컬러풀한 가구와 소품들이 가득하다. 다양한 팝업 행사를 진행해 빈티지 제품을 보다 친근하게 접할 수 있다.

- 4560 디자인하우스 : 서울 서초구 / 1950~70년대 독일의 생활가전 브랜드 브라운(Braun)사 디자이너 디터 람스의 제품이 진열되어 있는 개인 전시관. 카페와 함께 운영하고 있다.

- MK2 showroom : 경기도 양평군 / 서촌의 감각적인 카페 MK2에

서 운영하는 빈티지 가구 쇼룸. 빈티지 가구의 품질을 위해 설계한 건축물이 인상적이다.

- 세컨드뮤지오 : 제주도 서귀포시 / 홈페이지를 통해 다양한 제품 아카이브를 볼 수 있다. '프레임커피'라는 카페, '프레이머즈'라는 식당과 함께 운영하고 있다.

- 원오디너리맨션 : 서울 강남구 / 빈티지 가구마다의 특성에 맞게 다른 분위기의 섹션으로 배치해둔 것이 인상적이다.

- 위클리캐비닛, 컬렉트 : 서울 용산구 / 2가지 브랜드 이름으로 운영 하며 한쪽에서는 다양한 팝업 전시를 하고(위클리캐비닛), 다른 한 쪽에서는 빈티지 가구들을 판매한다(컬렉트).

- 디앤디파트먼트 : 서울 용산구, 제주도 제주시 / '롱 라이프 디자인' 이라는 슬로건을 내세운 편집숍. 서울과 제주 2개 지점이 있으며 제주 지점은 숙박도 가능하다.

▶ 영상 Play
내 취향으로 꾸민 방〈Room Tour〉

빈티지 가구로 꾸민 집

빈티지 가구로 꾸민 사무실

레코드판 수집

운명 같은 LP와의 첫 만남

때는 지극히 평범한 날이었다. 퇴근을 하고 괜히 집에 바로 가기 아쉬워 을지로 골목길을 걷다가 2층에 노란 조명과 내 취향의 곡이 흘러나오는 곳을 발견했다. 무언가에 홀린 듯 좁은 계단을 올라 노래가 들리는 곳의 문을 열고 들어갔다. 어두컴컴했지만 창문 밖 바람에 흔들리는 초록 잎들의 그림자가 바닥을 장식하고 있었다. 이어서 몇 개 없는 테이블과 구석에 놓인 두 개의 턴테이블, 여러 대의 커다란 스피커, 한 쪽 벽면을 가득 채운 수많은 LP를 마주했고 꼭 다른 세상에 온 듯한 기분이 들었다. 나는 알지도 못하는 화이트 와인과 치즈 플레이트를 시켰고, 턴테이블 앞에 앉아 빙글빙글 돌아가는

LP를 보며 음악을 들었다. 그곳에 더 오래 머물고 싶어 아무런 말도 하지 않고 입이 마를 때만 조금씩 와인을 마셨다. 간간이 쓴맛을 달래기 위해 치즈를 한 입 베어 물고는 계속 음악만 들었다. 사장님의 선곡이 기가 막히기도 했고 그 공간을 둘러싼 모든 것이 좋아 설레는 밤을 보냈다. 그 후로 종종 간단한 술을 팔며 턴테이블로 음악을 틀어주는 곳들을 찾아다녔다. 건대에 있는 '저니'와 을지로에 있는 '평균율'을 많이 방문했다.

느릿하고 번거로운 것이 LP의 매력

한 번의 터치로 많은 것을 쉽게 얻을 수 있는 세상이 되었다. 가끔 나를 돌아보면 빠르게 변하고, 빠르게 흘러가는 세상에 가장 알맞은 사람인 양 매일 정신없이 살아가려고 부단히 애쓰는 듯하다. 그런 나에게 쉼을 주고 싶었던 건지, 종종 턴테이블이 있는 바를 찾아다니며 행복해하는 내가 보기 좋았는지 어느 날 남자친구가 아날로그 그 자체인 턴테이블을 선물해 줬다. 이 턴테이블로 음악을 듣는 순간만큼은 마음이 차분해지길 바란다는 말도 건넸다.

이때부터 본격적으로 턴테이블에 흠뻑 빠지게 되었다. 핸드폰으로 음악을 트는 것에 비해 한 곡을 듣기 위한 과정은 꽤나 번거로웠다. LP를 고르고, 케이스에서 조심스럽게 꺼내 턴테이블에 올리고, 바늘을 원의 가장자리에 옮긴다. 스타트 버튼을 누른 다음 또 10초 이상의 시간을 기다리면 그제서야 노래가 시작된다. 원의 가장 바깥쪽이 1번 트랙인데 바늘을 놓는 위치에 따라 다른 트랙의 음악이 흘러나온다. 원하는 곡을 시작 지점부터 듣기 어렵다는 말이다. 또 한 면에 겨우 5~6곡이 담겨있어 노래 좀 들을라치면 가서 뒤집어줘야 한다. 이렇게나 번거롭지만 일련의 과정을 하나의 의식처럼 여기니 노래를 듣는 의미가 더욱 커졌다. 바늘을 가장자리가 아닌 중간 어디쯤에 올리면 어떤 곡이 나올까 두근거리는 마음이 드는 것도 LP 음악 감상의 묘미이다. 원하는 LP를 구매하면 수록된 곡들은 핸드폰이나 유튜브가 아닌 오로지 턴테이블로만 듣는다. 왠지 한 곡 한 곡 아껴 듣고 싶은 마음이 든다.

좋아하는 장르는 재즈

LP는 한 번에 여러 장을 사기에는 가격이 부담스러운 편이라 한 달에 한 번 정도씩 나름 절제하며 꾸준히 구매한다. 가장 많이 구매하는 장르는 재즈. 턴테이블에서 흘러나오는 재즈는 삭막했던 공간을 순식간에 따뜻하게 바꿔주는 힘을 가지고 있다. 개인적인 생각이지만 재즈 LP를 고를 때는 노래나 가수를 모른 채 커버 디자인만 보고 골라도 반은 성공하는 것 같다. 쉽게 질리지 않아 오래오래 들을 수 있는 재즈. 누군가에게 LP를 선물해야 할 일이 있다면, 예전에도 그랬고 지금도 마찬가지로 호불호가 갈리지 않는 재즈를 선물한다.

재즈와 함께 보내는 하루! 시간대별 재즈 추천

- 하루를 시작할 때 듣기 좋은 LP : Bill Evans Trio - Portrait In Jazz

- 활동적인 일을 하는 오후에 듣기 좋은 LP : Guardians of the Galaxy Vol. 2 Deluxe edition

- 하루를 마무리 하면서 듣기 좋은 LP : Chet Baker - Sings Vinyl / Bahamas - Bahamas is Afie

---

즐겨찾는 LP숍 리스트

- 바이닐 앤 플라스틱 : 현대카드에서 운영하는 LP숍. 현대카드 소지 시 10~30% 정도 할인이 된다. LP에 입문할 당시 이곳에서 턴테이블과 스피커를 구매했다(오디오 테크니카 턴테이블, 마샬 스피커). 영화 OST나 유명 음반, 최신 음반들도 대부분 이곳에서 구매하는 편이다.

- 김밥레코즈 : 홍대입구역 3번 출구에서 도보 1분 거리라 접근성이 좋은 곳. 최신 음반들과 사장님이 셀렉한 개성 있는 음반들이 많다. 인스타그램 계정과 홈페이지에 업로드된 음반의 재고가 있는지 확인 후 방문하는 것을 추천.

- 모자이크 서울 : 카페 겸 LP숍. 마이너한 음반들이 주를 이룬다. 신당역과 동대문역사문화공원역 사이에 위치해 있다.

- 동묘 LP 사구팔구 : 옛날 가요, 재즈, 피아노 등 다양한 장르의 음반이 있지만 최신 음반은 거의 업데이트되지 않는다. 내 취향을 말씀드리고 어울리는 재즈 LP를 추천해달라고 하니 '빌 에반스' 음반을 건네주셨다. 사장님이 시크하시지만 음악 이야기를 할 때는 세상 수다스러워지신다.

- 회현역 지하상가 : 명동 근처에 있는 회현역 지하상가는 LP 상점들이 줄지어 있어 이집 저집 구경하는 재미가 있다.

- 서울 레코드 페어 : 서울역에서 1년에 한 번씩 열리는 페어. 옛날 가요 같은 세월의 흔적이 느껴지는 음반들을 시중 판매가보다 조금 더 저렴하게 접할 수 있다.

- 아마존 / 해외 직구 사이트 : 국내에서 인지도가 낮은 해외 음반들은 아마존 직구를 통해 구매한다.

소품 수집

흠집나고 빛바래도 좋은 빈티지 컵

반짝반짝 빛나진 않지만 빈티지 컵에 담긴 아득한 시간의 흔적이 좋아 이를 모으기 시작했다. 음료를 담아내는 용도 외에 사무용품 보관함, 향초 받침 등으로도 편하게 쓸 수 있어 더 마음이 간다. 빈티지 머그잔은 가격대가 조금 높은 편이지만 유리컵은 몇천 원~만 원대에도 예쁜 것을 고를 수 있다. 마음먹고 쇼핑을 나선 날, 빈티지 그릇 가게를 돌아다니며 보물찾기 하듯 괜찮은 유리컵을 찾는 시간이 참 재밌다.

좋아하는 빈티지 그릇 가게

- (망원동) 포롱포롱 잡화점, 오앙, 망원만물 / (연희동) 오데옹, 빅슬립샵 / (서촌) Ofr / (이태원) 불필요상점 / 동묘시장

아끼는 빈티지 머그잔

빈티지 유리컵에 담아둔 작은 사무용품

공간을 따뜻하게 채워주는
종이의 온기, 엽서

작은 공간의 무드를 바꿀 때 엽서를 벽에 붙이는 것을 시작으로 한다. 때문에 여행지나 독립서점에서 엽서를 판매하면 항상 그 자리를 지나치지 못하고 한참을 고르고 골라 몇 장씩 집어온다. 한 번은 여행지에서의 순간순간을 오래도록 기억하고 싶어 사진 엽서를 직접 제작한 적도 있다. 엽서를 받는 사람들이 같이 여행하는 기분을 느꼈으면 하는 마음으로 사진을 찍던 당시의 분위기와 감정을 글로 써서 엽서 뒷면에 새겨보았다. 동행했던 사촌 동생과의 추억도 깊어지게 해준 고마운 엽서. 직접 찍은 사진으로 엽서를 만드는 방법은 '엽서 제작', '인쇄 굿즈' 등의 키워드로 검색했을 때 나오는 사이

여행하며 찍은 사진으로 만든 엽서

트에서 소량 제작이 가능한지 살펴보고, 안내된 크기대로 포토샵을 활용해 사진을 PDF 파일로 변환한 후 의뢰하면 된다. '레드프린팅', '오프린트미', '스냅스' 같은 업체가 있다.

수집이 취미라면 필수템,
종이 보관함

편지, 엽서, 티켓, 명함 등의 종이 조각을 차곡차곡 모아두고 싶어 보관함을 하나 둘 늘리게 되었다. '포에트리 앤 스페이스(Poetry n Space)' 브랜드의 'keep paper'란 제품을 애용하는데 이름 그대로 바래기 쉬운 종이와 아날로그 기록들을 소중하게 보관할 수 있게 해준다. 보통 서랍 형태로 사용하지만 세우면 훌륭한 LP 보관함이 되기도 한다. 같은 브랜드의 '하프문' 시리즈는 반달 모양의 종이 보관함으로 물건을 살 때 껴주는 엽서나 브랜드 이름이 적힌 명함이 예뻐서 버리지 못할 때 여기에 담아둔다. 좀 더 큰 사이즈의 하프문은 미니 책꽂이나 그릇장

보물 1호 편지 보관함
인디무드(@indimood.kr) 제품

으로 쓴다. 여러 보관함 중 가장 특별한 건 어렸을 때부터 받은 편지가 담긴 나무 박스 보관함. 누군가 나에게 건넨 소중한 마음을 모아둔 이 보관함은 그 무엇과도 바꿀 수 없는 내 보물 1호이다.

Keep paper 보관함   세우면 LP 보관함으로 변신

반달 모양의 하프문 시리즈   하프문 시리즈2

계절마다 새로운 촉감을 전해주는
키친크로스와 테이블보

패브릭은 적은 돈으로도 공간의 큰 변화를 줄 수 있는 인테리어 요소이다. 계절이 오고 갈 때면 커튼, 테이블보, 화분 받침 등 집안 곳곳의 패브릭 제품을 바꿔본다. 초봄엔 간간이 부는 바람에 한들한들 흔들리는 얇은 패브릭 커튼을 달고, 한여름엔 보기만 해도 시원한 풀숲 컬러의 테이블보를 깐다. 커다란 패브릭은 테이블보로, 가림막으로, 피크닉 매트로 요모조모 활용하고, 작은 키친크로스는 수납장 위나 찬장 중간중간에 널어 심심했던 인테리어를 위트 있게 바꾸는데 사용한다. 또 가끔 밥을 먹을 때 키친크로스를 깔고 그릇을 올려 세팅하면 내가 차렸지만 왠지 대접받는 느낌이 들며 기분이 좋아진다.

좋아하는 패브릭 브랜드

- AGT : 'A Good Thing'의 앞자를 딴 이름으로 '에이지트'라고 부른다. 빈티지한 디자인과 감각있는 컬러의 패브릭 제품을 판매한다. agtshop.com

- LIMETTE : 심플하고 베이직하면서도 귀여운 포인트가 있는 제품을 판매한다. '리메트'라고 검색하거나 인스타그램 계정(@limette_official)에 들어가면 온라인몰 링크를 찾을 수 있다.

- 키티버니포니 : 독특한 패턴과 톡톡 튀는 컬러가 인상적인 브랜드. 제품군이 굉장히 다양한 편이다. kittybunnypony.com

---

초봄의 작은 창 커튼

화분 받침으로 사용하는 귀여운 패브릭

마음에 편안하게 스미는
인센스 스틱의 향

불을 붙이면 연기를 내면서 공간에 은은한 향을 풍기는 인센스 스틱. 향초와 디퓨저에 비해 편안한 향이 나서 가만히 맡고 있으면 어지럽던 몸과 마음이 차분히 가라앉는다. 이 매력에 빠져 하나둘 모으기 시작했고 여러 가지 인센스 스틱을 사용하다 향이 비슷하게 느껴질 때쯤 화학물질을 사용하지 않고 천연 재료 위주로 제작한 제품을 만났다. '무하유'라는 브랜드에서 만든 것. 향을 오래 맡아도 머리가 아프지 않으며 다 닳은 후에 풍기는 잔향을 맡고 있으면 마음이 몽글몽글해진다. 인센스 스틱을 너무 좋아해 오로지 내 취향을 담아 'Oth,(오티에이치콤마)'라는 나만의 브랜드 이름으로 제품을 만들기도 했다. '비 오는 날의 스위스', '베르사유 정원에서 피크닉' 등 여행지에서 느낀 감흥을 향으로 풀어낸 것이 특징이다.

인센스 홀더와 받침, '블루아워(@blue_hour_)' 제품

▶ 영상 Play
내 취향의 물건들
〈Unboxing Video〉

opertum. cream yellow floral fabric
cocon. French linen bedding Navy grid
du morocco. tap 110x62 (sold out)
aus.b. 1970s Original mid-century
Wila Germany lamp (sold out)

| yejinmoon |

the record of
my hobby

part 03

예진문의 취미기록
경험한 것들

한 달에 한 번 에어비앤비

강원도 영월 '점숙씨'

'한 달에 한 번 에어비앤비에서 묵기'는 1년에 딱 한 번 연차를 이틀 연속 붙여 사용하는 것이 여름 휴가의 전부였던 직장에 다닐 때 개인적으로 진행했던 프로젝트다. 코딱지만 한 기간의 휴가로 해외를 나가기엔 부담스러워 국내 여행지를 알아보기 시작했고 해외 못지않게 이색적인 곳이 많다는 걸 깨달아 이 프로젝트를 이어나가게 되었다.

여행지를 고를 때, 우선 SNS를 통해 사람들이 북적일만한 핫하고 유명한 관광지는 제외했다. 조용하면서 지역의 특색을 느낄 수 있고 주인의 손길이 잘 닿아 있는 곳. 엄청난 조건은 아니라고 생각했는데 꽤나 까다로운 조건이었는지 마땅한 곳을 찾기가 힘들었다. 결국 직접 국내 지도를 펼쳐 무작정 생소한 지역명들을 골라 나열했다. 그러고 나서 에어비앤비 어플을 열어 지역명을 하나씩 입력해 마음에 드는 숙소가 나올 때까지 페이지를 넘겼다. '영월'을 검색하고 둘러보던 중 메인에 뜬 사진 한 장에 마음을 뺏겼다. 큰 창 너머로 소나무가 보이는 소나무 뷰 숙소. 차 없이는 가기 힘든 곳이었지만 덜컥 예약을 했다. 아 여기다! 1년에 한 번뿐인 짧은 휴가를 바치기에 충분하단 예감이 들었다.

그렇게 영월로 떠났다. 자가용이 없는 나를 위해 영월 터미널 근처까지 숙소 사장님이 픽업을 나와주었다. 숙소로 달려가는 차 안에서 사장님은 이 숙소는 딸이 꾸민 것이며 자신의 이름을 따서 '점숙씨'라는 공간이 탄생했다는 이야기를 들려주었다. 원래는 영월과 인연이 아예 없었는데 강릉을 여행하던 도중 우연히 이곳에 잠시 들렀다가 자연 경관에 매료되어 눌러 앉았다고 한다. 숙소를 소개하는 목소리에 당당함이 있었고 자부심이 느껴졌다. 그래서 더 기대가 됐다.

도착하니 강아지 2마리가 꼬리를 세차게 흔들며 헐레벌떡 나에게 뛰어왔다. 이름은 방울이와 맹자. 흰색과 갈색 털이 섞인 방울이는 엄마였고, 방울이보다 덩치가 2배나 큰, 검은 색과 흰색 털이 섞인 맹자는 방울이의 아들이었다. 방울이와 맹자는 그 누가 되었든 간에 사랑을 줄 것처럼 머무르는 내내 도시에서 온 낯선 이방인에게 아낌없이 애정을 주었다. 마치 우리가 오랫동안 알고 지내온 사이처럼, 아무런 대가(=간식) 를 원하지 않고 너무 잘 따라주어서 신기할 정도였다. 숙소는 사방이 산으로 둘러싸여 있고 TV도, 와이파이도 없었다. 특 별히 할 거라고는 턴테이블로 음악을 틀어놓고 해먹에 몸을 눕혀 멍 때리는 일이 전부였다. 가만히 있으면 너무 지겨울까 봐 노트북과 그림 그릴 도구들을 배낭 무겁게 가져왔지만 소 용없는 짓이었다. 이곳에서 다 읽어버리겠다고 가져온 책들 도 쓸모가 없었다. 책을 읽으려다 덮어두고 높게 솟아오른 소 나무들을 바라보며 시원하게 쏟아지는 소나기 소리에 집중했 다. 치열하게 달리던 서울에서는 느낄 수 없었던 여유로움이 었다.

다음날 아침 7시에 눈이 절로 떠졌다. 참 신기한 일이다. 온전히 푹 쉬러 왔는데 잠자는 시간이 아까웠다. 새벽 내내 추위에 오들오들 떨면서 잤는데도 옅게 들리는 새소리를 더

크게 듣고 싶어 일어나자마자 굳게 닫힌 창문을 황급히 열었다. 선선하면서도 습한 공기가 피부에 닿았고, 소나무 향이 코를 찔렀다. 눈앞에 펼쳐진 풍경은 그야말로 평화 그 자체였다. 매일 정신 사나운 소음에 강제로 기상했지만 이곳은 아니었다. 사람이 만들어낸 소리는 들리지 않았다. 창문 틈새로 귀뚜라미와 매미의 울음 소리, 아침을 여는 닭의 울음 소리가 들려왔다.

숙소에서 먹고 자는 일 외에 별 다른 일정이 없던 나는 숙소에서 1분 거리에 위치한 사장님 댁 마당에 초대받았다. 만나자마자 선뜻 내어주신 보약을 3초 만에 시원하게 원샷하고 두 잔을 더 마시면서 사장님의 사는 이야기를 들었다. 이 공간을 기획한 둘째 딸에 대해 한참을 설명하다가, 방문객들이 쓰고 간 방명록 에피소드에 머물렀다가, 키우는 강아지 이야기에까지 다다랐다. 분명 이곳에서 내가 본 강아지는 2마리였는데 이야기에는 방울이, 공자, 맹자 3마리의 이름이 등장했다. 공자는 어디에 있는지 조심스레 여쭤보니 사장님은 잠시 침묵을 지키다 옆에 엎드려 쉬고 있는 방울이와 맹자를 한 번 바라보고 이내 입을 여셨다. "공자는 맹자의 형이었어. 근데 죽었어." 아뿔싸. 황급히 다른 주제로 대화를 넘기려 했는

데, "뭘 잘못 먹었나 봐. 어느 날 갑자기 그렇게 됐더라고." 담 담하지만 안타까움이 느껴지는 목소리로 무지개다리를 건넌 공자의 사진을 보여줬다. 방울이와 판박이었다. 갈색 털, 도 도한 눈, 듬직해 보이는 체구. 딱 맹자보다 형 같은 포스였다. 사진 속엔 공자를 안고 있는 꼬마도 보였는데, 이 아이는 몇 달 전 숙소를 찾은 방문객이라고 했다. 강아지 셋에게 편지도 써서 보낸 귀여운 꼬마라며 편지 내용을 보여주었다.

'안녕, 방울아. 엄마가 된 거 축하해. 방울이도, 공자 랑 맹자도 너무 보고 싶다. 공자 맹자 모두 너처럼 사랑 스럽게 클 거야. 7월에 또 놀러 갈게!'

아무것도 모르는 이 아이가 다시 한번 방문한다면 차마 공 자가 죽었다고 할 수 없으니 저 멀리 입양을 보냈다고 말할 거라고. 편지를 다 읽은 우리를 보고 사장님이 말했다. 가슴 이 헛헛했다.

마당 수다 타임을 마치고는 산 속에 있는 숙소에서 15분 정 도 내려가면 위치해 있는 동강을 보러가기로 했다. 강을 바라 보며 먹을 샌드위치와 거기서 읽을 책, 돗자리로 쓰려고 가져

온 패브릭, 카메라 두 대와 접이식 의자를 들고 고행길을 나섰다. 중간쯤 내려갔는데 갑자기 어디선가 방울이가 나타났다. 힘들다고 낑낑대는 내 목소리를 듣고 위에서 따라 내려왔나 보다 했다. 갑작스러운 방울이의 등장에 어안이 벙벙하던 찰나, 이곳에 오기 전 우연히 본 영월 매거진의 글 중 '점숙씨'에 관한 문장이 떠올랐다. 강을 가는 길에 방울이를 마주하면 아마 방울이가 강가까지 안전하게 안내해 줄 것이라고. 그렇게 방울이와 함께 동강을 마주했다. 거대한 절벽 바로 밑에 유유히 흘러가는 강의 모습이 절경이었다.

자연 속에서의 짧은 여행을 끝내고 집으로 돌아와 엉엉 울었다. 특별한 일은 없었다. 단순히 현실에 복귀했다는 게 싫었다. 다시 치열하게 살아야 한다는 게 괴로웠고, 정신 사나운 도시의 소음이 내 마음을 산만하게 흔들었다. 그곳에 있을 때는 몰랐는데 돌이켜 보니 짧은 꿈을 꾼 것 같기도 했다. 이런저런 이야기를 하며 행복해하던 사장님이 그리웠고, 아무런 조건 없이 처음 본 나를 사랑해 준 방울이와 맹자가 보고 싶어졌다. 행복하려고 떠난 여행인데, 분명 진하게 행복했는데, 짙은 후유증에 몇 날 며칠 괴로워하다 겨우 회복하고 다음 여행을 꿈꾸며 일상을 살아갔다.

6개월 후 다시 영월에 갔다. 이번에 머문 곳은 '점숙씨'가 아닌 '이후북스테이'. '이후북스테이'는 서울 망원동에 위치한 책방 '이후북스'의 세컨 브랜드로 점숙씨를 만든 둘째 딸 혜영 사장님의 손길이 닿은 곳이다. 처음 영월을 방문해 어머님과 도란도란 이야기를 나누었던 것처럼 이후북스테이의 사장님과 수다를 떨며 시간을 보냈다. 수다 타임 중 나의 5년 뒤의 모습이 궁금하다는 말을 듣고 괜히 마음이 설레었다. 내 미래에 대한 확신도 없고, 내 일에 대한 자부심도 없는 상태였는데 뭔가 나의 가능성을 봐주는 듯한 한마디에 가슴이 두근거렸다. 이런 말도 덧붙였다. "하고자 하는 일은 열정이 있을 때 꼭 해요. 그 열정은 아무 때나 오는 게 아니니까" 나는 또 한 번 영월에서 위로를 받았고 용기를 얻었다.

▶ 영상 Play
영월무비 〈시간이 멈췄으면 좋겠다 #영월〉

경북 예천 '남악종택'

19년도 가을이었다. 회사에서 맡고 있던 프로젝트의 론칭 일정을 맞춰야 해서 밤 11시에 집에 가는 날들이 이어지고 있었다. 더 심한 경우에는 새벽 2~3시에 퇴근하기도 했다. 1월부터 가을까지 누적된 피로는 프로젝트 마감만 하면 다 사라질 줄 알았는데 웬걸 론칭 다음날 정점을 찍었다. 힘들다, 아무런 발상도 떠오르지 않는다, 지친다, 그냥 도망가고 싶다. 이런 생각이 머릿속을 뒤덮었다. 잔뜩 지친 나를 발견한 팀장님이 고생 많았다며 한글날을 껴서 월차를 쓰라고 제안을 했다. 휴가 계획이 전혀 없었지만 눈앞에 떨어진 복을 걷어 찰리가 있나! 나는 곧바로 전자 결재로 기안을 올렸고, 팀장님은 밤 12시임에도 불구하고 바로 결재를 해주었다.

퇴근하자마자 지난번 영월 여행 때처럼 대한민국 지도를 펼쳐 한 번도 들어보지 못했던 지역들을 골랐다. 에어비앤비 어플에 지역명을 검색해 괜찮은 숙소가 있는지 빠르게 눈을 굴렸다. 새벽 퇴근 후라 정신이 몽롱했지만 눈에서는 반짝반짝 빛이 났던 것 같다. 이번에도 도시적인 분위기보단 조용한 시골, 낡은 집을 키워드로 서칭했다. 최종 선택한 숙소는 아날로그라고 해도 정도를 지나치는 듯한 오래된 곳이었다. 인조 때 지어진 옛 조선 가옥이라니. 얼마 없는 사진들을 넘길수록 호기심이 샘솟았다. 이제 곧 문화재로 지정될 거란 이야기에 관심이 더 깊어졌다. 날짜를 선택하고 호스트에게 메시지를 보

냈다. '10월 8일 체크인, 10월 9일 체크아웃하려고 합니다. 가능할까요?' 10분 만에 호스트에게 답장이 왔다. '가능합니다.'

서울에서 시외버스로 2시간 반, 택시로 20분. 토박이 택시 기사님도 초행길이신지 지금 가는 길이 맞나 갸우뚱하며 운전대를 잡으셨다. 만 육천 원의 택시비를 지불하고, 가을볕을 한 몸에 받고 있는 거대한 가옥 앞에 내렸다. 보자마자 감탄사가 나왔다. 사진으로 보던 것보다 훨씬 더 웅장하고 멋있는 자태에 압도당해버릴 것만 같았다. 노랗게 익은 벼들이 집을 둘러싸고 있었고, 마당 구석구석에는 붉게 익은 홍시들이 대롱대롱 달려있었다. 여러 종류의 꽃들은 나를 향해 인사해 주는 듯했다.

도착했다는 전화를 막 하려던 참에 구석에서 청소를 하고 있는 사장님이 보였다. 인사도 나누기 전 성큼성큼 다가가 "와 여기 정말 최고예요! 너무 멋있어요!"라며 오두방정을 떨었다. 최대 수용 인원이 30~40명이나 되는 이 집은 연세가 지긋하신 어머님, 아버님이 가꾸고 있었다. 연신 물개 박수를 치는 나에게 인자한 미소를 보이며, 그리고 끝까지 말을 놓지 않은 채 집 안 곳곳을 소개해 주었다.

집 주위를 둘러본 후 방에서 짐을 풀고 있는데 뒷마당에서 빨래를 걷던 어머님이 다가와 홍시 하나를 건네주었다. "부족하면 뒤에서 더 따먹어요. 사 먹는 것보다 맛있어요"라는 다정한 말과 함께. 홍시를 야금야금 아껴 먹으며 나무 그네가 있는 앞마당으로 걸어갔다. 밀짚모자를 쓰고 작업복을 입은 중년의 남성이 집 안으로 들어왔다. 어머님의 남편분이구나! 인사를 하려던 찰나 아버님은 붉고 주황빛이 도는 동그란 물체를 내 쪽으로 내밀었다. 또 다른 홍시였다. "이게 더 달아요. 색깔 봐요" 나는 손에 들고 있던 형체를 잃은 홍시를 입 안에 털어넣고 아버님이 건네준, 더 맛있다는 홍시를 받았다. 부드럽고, 촉촉하고, 달았다.

그렇게 오후 내내 집 구경을 하다가 저녁이 되었다. 편의점이라도 가려면 차를 타고 20분 정도 나가야 하는 이곳은 어두워지니 할 것이 아무것도 없었다. 방에서 멍하니 있었는데, 밖에서 나를 부르는 어머님의 목소리가 들려왔다. 어쩌다 넓은 집 마당을 함께 걸으며 예천에 있는 문화재들과 이곳을 찾은 손님들에 대한 대화를 나누게 되었다. 포근했던 낮과는 달리 밤이 되니 쌀쌀했고 우리는 자연스레 아궁이 앞으로 향했다. 따뜻한 아궁이 앞에서 이야기를 이어가고 있는데, 내일

아침 일찍 서울로 올라간다는 아버님이 여태껏 주무시지 않았는지 조용히 다가와 합류했다. 왜 혼자서 관광지도 없는 이곳까지 여행을 왔냐는 물음에, 그냥 이 집 하나만 바라보고 왔다고 대답했다. 내심 자랑스러운듯 이곳에 얽힌 역사와 곧 문화유산에 지정될 것이라는 말을 전해주었다. 밤에는 그렇게 별이 잘 보인다는 말도 함께. 나는 후다닥 마당으로 나가 하늘을 올려다봤지만 오늘따라 유난히 달이 밝아서인지 별이 잘 안 보였다. 두 분은 집 주변 불들이 너무 환해서인 것 같다며 넓은 고택을 돌아다니며 불을 하나하나 끄기 시작했다. 고작 나 하나 때문에 고생하시는 것 같아 괜찮다고 말씀드리려던 찰나, 마당으로 다시 모인 두 분은 "이제 됐으니 하늘 한번 보세요"라고 하셨다. 높게 솟아오른 하늘에 기와지붕 위로 금방이라도 쏟아내릴 것 같은 별들이 한가득 떠 있었다. 그날의 밤하늘은 먼 곳까지 여행 와주어 고맙다며 나에게 주는 사장님 내외의 선물처럼 여겨졌다. 그렇게 또 한 번의 고요한 여행이 끝났다.

전북 전주 '모악산의 아침'

'모악산의 아침'은 가족과 함께 살던 집을 딸 '모아' 님이 독채 펜션으로 리모델링해 에어비앤비 공간으로 활용하는 곳이다. 이곳을 처음 방문하게 된 것은 '모아로와'라는 프로젝트를 통해서였다. 모아로와 프로젝트는 모악산의 아침을 방문하고 싶은 청년들에게 게스트하우스 형식으로 저렴한 가격에 방을 하나씩 빌려주는 이벤트였다. 본래는 독채 펜션이라 혼자 혹은 둘이 방문하기엔 부담스러워 가고 싶지만 눈독만 들이던 곳이었는데 반가운 소식이었다. 이 이벤트를 알자마자 예약을 하였고, '시인의 방'이라 불리는 사색하기 좋은 방에서 고요한 시간을 보내게 되었다.

"너무 부담 갖지 마시고, 친구 집에 놀러 온 것처럼 지내다 가세요." 주인장인 모아 님은 머무는 내내 아침 일찍 일어나 만두도 빚어주고, 단호박죽도 끓여주고, 월남쌈도 만들어 주었다. 심지어 설거지와 청소도 못하게 해서 그녀가 낮잠을 자는 시간을 노려 몰래 설거지를 하기도 했다. "예쁜 사진 좀 남겨주고 가세요"라고 부탁도 할 법한데 그저 "잘 쉬다 갔으면 좋겠어요"라는 말을 전했다. 내가 너무 치열하고, 각박한 세상에 살고 있었나. 그 말을 듣고 괜히 왈칵 눈물이 날 뻔했다.

이곳에 오기 직전에는 내 삶의 절반 이상을 함께했던 할아버지가 떠나 굉장히 무기력했다. 헛헛한 마음을 조금이라도 달래보고자 이곳을 찾았고 시인의 방에서 가만히 앉아 오랫동안 할아버지를 추억했다. 서울로 떠나기 전, 마지막으로 할아버지께 편지를 썼다. 그리고 다시 살아갈 힘을 얻었다. 그것만으로 가치 있는 여행이었다.

할아버지, 저는 한동안 무기력함에 빠져 헤어 나올 수 없었어요. 할아버지 소식을 듣고 내 어린 시절이 송두리째 사라진 기분이었어요. 할아버지가 돌아가신 그날 아침, 오랜만에 새 신발을 장만해 회사 동료들에게 자랑할 생각으로 들떠 있었어요. 엄마의 전화를 받기 전까지는요. 나는 아직 할아버지와 마지막 인사도 못 했는데… 엄마와의 통화를 끊고 할아버지가 미웠어요. 뭐가 급해서 그렇게 빨리 떠난 건지.

어렸을 때 할아버지는 자전거 뒤에 나를 태우는 것을 참 좋아하셨죠. 늘 뒷자리에 앉아 편하게 세상을 구경하던 게 생각나요. 내 손을 잡고 온 동네를 돌아다니며 만나는 사람들을 한 명 한 명 붙잡고 손녀딸 자랑을 그

렇게 했었는데…

　젖은 머리를 수건으로 열심히 털어주던 팔, 내 손을
잡아주던 하얗고 건조했던, 하지만 늘 온기가 느껴지던
피부, 자전거를 탈 때마다 기댔던 포근한 등. 다 그리워
요. 가족들 모두 바빠서 아무도 오지 못한 내 초등학교
입학식 때 유일하게 와준 사람. 교실까지 데려다주고
웃으며 나를 향해 흔들던 손을 어떻게 잊을 수 있을까
요. 난 할아버지를 영영 못 잊을 것 같아요. 할아버지가
나에게 그랬듯 온기를 주는 사람이 되도록 노력할게요.

　할아버지 거기서는 잘 살아요. 나도 잘 살아볼게요.

-시인의 방에서 썼던 편지

▶ **영상 Play**
〈부치지 못할 편지〉

'모아로와'를 통한 첫 방문이 계기가 되어 주인장 모아 님과 인연을 이어가던 중 모악산의 아침에서 '불모지장'이라는 프로젝트형 마켓이 열린다는 소식을 들었다. '불모지장'이라는 이름은 '불편한 모험을 통해 지속 가능한 지구를 만들어 가는 장'의 줄임말로 환경을 생각해 쓰레기를 만들지 않는 것을 콘셉트로 한 일일장터였다.

나도 '자급자족 : 할머니의 밭'이라는 프로젝트명을 가지고 불모지장에 참석하였다. 텃밭을 가꾸고 직접 작물을 일궈내 자급자족하는 할머니의 삶에서 영감을 받아 기획을 하였고, 2차 가공 없이 할머니가 기른 채

소와 과일들을 신선한 상태 그대로 많은 분들에게 공유했다. '할머니의 밭은 투박하고 평범해 보이지만 어쩌면 자연과 사람이 다채롭게 공존하는 삶을 늘 지향하는 공간이 아닐까'란 나의 생각을 전할 수 있는 계기였다.

모아 님이 매년 잡초와 사투를 벌이면서 열심히 가꾼 넓은

마당은 마켓을 더욱 빛내주었다. 단순히 예쁘게 꾸며진, 잠만 자고 가는 숙박의 공간이 아닌, 여러 프로젝트를 진행하는 공간으로 활용한다는 것이 인상적이었다. 모악산의 아침은 끝없이 사람들을 모이게 하는 힘을 가지고 있다. 그건 아마도 공간이 주는 힘도 있겠지만 그 공간을 지켜내기 위한 모아 님의 보이지 않는 수많은 노력과, 그의 진심이 많은 사람들에게 전해져서이지 않을까.

경북 경주 '딮게스트하우스'

경주의 매력에 빠진 건 4년 전 내일로 여행을 떠났을 때다. 여행 계획표를 짜다가 지역 한 자리가 비길래 대강 들어본 데 하나 넣자 하여 고른 곳이었다. 아무런 기대 없이 남자친구와 (구)경주역에서 사진을 찍는 것을 시작으로 차곡차곡 소소한 추억을 쌓았다. 우비를 쓰고 비를 맞으며 첨성대를 걷고, 2천원을 내고 들어간 대릉원의 고즈넉함에 반했다가, 바로 울타리 너머의 펍에서 맥주 한 잔을 마셨다. 야경과 야시장도 환상적이었다. 맥주를 마셨던 브런치 카페 겸 펍은 유독 기억에 남는데 통유리창 너머로 보이는 대릉원의 모습과 보슬보슬 내리는 비, 시원한 맥주는 지금 다시 떠올리기만 해도 너무

행복하다. 그곳의 이름은 '노르딕'. 지금은 핫플레이스로 알려져 있지만 당시에는 아무것도 없었던 거리의 시작점에 혜성처럼 등장한 곳이었다.

 내일로 여행을 마치고 돌아와서 한동안 경주앓이를 했다. 9개월이 지난 후 큰 백팩을 등에 이고 혼자서 경주 여행을 떠났다. 경주의 한 거리가 '황리단길'이라 불리면서 관광지로 조금씩 알려지더니, 내가 다시 방문할 무렵에는 거의 정점을 찍었다. 도착하자마자 유명한 곳들을 제치고 처음 경주에 방문했을 때의 추억을 곱씹으며 '노르딕'으로 향했다. 혼자 브런치를 먹으며 시간을 보낸 후 '딮게스트하우스'란 숙소에 가서 체

크인을 했다.

딒게스트하우스는 구석구석 사장님의 센스가 묻어있는 공간이었다. 또한 게스트들에게 암암리에 일명 '딒슐랭 가이드 (사장님이 경주에 살면서 추려낸 맛집과 카페, 펍 리스트)'를 알려준다는 점이 신선했다. 천사 같은 고양이 두 마리를 볼 수 있다는 점도, 1층 한쪽 벽면이 책으로 가득 채워져 있다는 점도 좋았다. 지금은 아니지만 당시엔 자전거도 빌려줘서 자전거를 타고 경주 시내를 돌아다니기도 했다. 자전거를 타고 골목골목을 투어하는 일은 경주 여행의 필수 코스로 등록되어야만 한다고 주장하고 싶을 정도로 좋았다.

해가 저물고 같은 방을 쓰는 언니와 한 노래 때문에 대화를 이어나가게 되었다. 좋아하는 영화 〈Moonlight〉의 OST가 들리길래 먼저 말을 걸었다가 관심사가 비슷해서 금세 친해졌고 다음날 여행을 함께 했다. 아무도 나를 알지 못하는 낯선 타지에서 만난 사람과 나누는 이야기가 이렇게 재밌고 설레는 일이었다니! 그렇게 경주와 또다시 사랑에 빠졌고, 평생 잊지 못할 추억을 하나 더 만들었다. 그 후로도 힘들 때마다, 또는 새로운 도약을 하기 전이면 늘 충전을 하기 위해 경주를 찾았다. 서울 상경을 앞두고 있던 해의 가을에도, 차가운 사회생활에 지쳤던 해의 봄에도, 퇴사를 하고 새로운 시작을 앞두고 있던 2019년 12월 마지막 날에도 어김없이 경주로 향했다.

경주에서는 엄마와의 추억도 있다. 엄마는 별다른 사건이 터지지 않는 한 거주지인 청주를 벗어나지 않는 사람이다. 내가 여행하며 찍은 사진을 메시지로 보내면 엄마는 그 사진을 프로필 사진으로 해놓곤 했는데 나는 그 모습이 영 편치 않았다. 딸인 내가 행복하면 됐다고 대리만족을 하는 느낌이랄까. 그래서 가끔 한 번씩 여행을 가자고 내가 먼저 연락을 한다. 2020년 여름, 경주에 며칠 머물 건데 엄마도 가지 않겠느냐고 물었다. 항상 처음으로 돌아오는 답은 거의 거절이었는데 어찌 된 일인지 흔쾌히 승낙을 했다. 엄마와는 오랜만에 떠나는 여행이었다.

가는 날이 장날이라더니, 경주에 도착하자마자 하늘에 구멍이 뚫린 듯 비가 힘껏 쏟아져 내렸다. 운전하기도 위험한 궂은 날씨였지만 "비가 오는 경주라니, 뭔가 운치 있다!"라며 엄마를 안심시키려 애썼다. 힘들게 발걸음 한 엄마가 혹시나

실망할까 봐 색다른 추억을 만들어 줘야겠다고 생각했고, 집에서 가져온 필름 카메라를 손에 꼭 쥐여주면서 말했다. "여행 중에 담고 싶은 순간들만 이 카메라로 담아. 한 장에 천 원이니까 너무 막 담지는 말고." 카메라 작동법을 설명해 준 다음 두 손이 자유롭도록 우산을 씌워줬다. 엄마의 시선이 궁금했다. 초등학교 6학년 수학여행 이후로 한 번도 방문한 적이 없는, 수십 년이 흘러 딸과 함께 온 이곳을 어떤 시선으로 바라볼지 무척이나 궁금했다.

엄마는 호수를 배경으로 드넓게 펼쳐진 해바라기 밭을 찍었다. 고민도 없이 그것도 두 번씩이나. 화창한 날에 왔으면 얼마나 더 좋았을까 아쉬움이 남긴 했지만 어색한 손짓으로 카메라를 들고 사진을 찍는 엄마의 모습이 꽤나 행복해 보여서 안심이었다. 나는 빗물에 미끄러져 벗겨지는 슬리퍼를 고쳐 신으며 "더 이상은 안 되겠다. 숙소로 가자!" 하고 차에 올라탔다.

이번 숙소도 딮게스트하우스로 잡았다. 1년 만에 다시 만난 사장님과 반갑게 인사를 나누고, 우리가 묵을 방에 들어가 짐을 풀었다. 엄마는 게스트하우스가 처음이라 낯설어 보였다.

딮게스트하우스에서 사랑하는 엄마랑

손때 묻은 수많은 책들

숙소를 정할 때 편한 호텔방을 잡아야 하나 잠시 고민하기도 했지만 그냥 내가 좋아하는 공간을 소개해 주고 싶었다. 종종 나이가 들어서도 게스트하우스에서 재밌게 머물다 갈 수 있는 어른이 되고 싶단 생각을 했는데, 엄마도 그랬으면 좋겠다는 마음이었다. 쭉 둘러보더니 표정이 풀리며 "좋은 곳이네"라고 말했다. 역시 우리 엄마! 그렇게 즐거운 여행을 마치고 청주로 돌아간 엄마는 얼마 지나지 않아 다시 경주로 떠났다. 이번엔 이모와 함께였다. 나와의 여행이 꽤 괜찮았나. 내심 뿌듯해서 함께 떠날만한 다음 여행지를 열심히 물색하기로 했다. 소중한 사람들과 소박한 여행을 자주 떠나고 싶다.

닭게스트하우스의 메인 공간

이 외에 추천하는 에어비앤비 & 게스트하우스 리스트

• 대전 '완벽한 하루'

주변에 관광할 곳은 마땅치 않지만 내부에서 즐길 수 있는 것들이 무궁무진한 곳. 갖가지 책들과 빔 프로젝터가 있어 심심할 틈이 없으며, 마실 거리(티백, 드립커피)와 식기류가 잘 갖춰져 있어 음식을 해먹기에도 좋다. 넓은 마당이 있어 바비큐도 가능하고 장작불을 피울 수도 있다. 이곳의 진정한 히든카드는 예쁜 욕실에 놓여있는 욕조.

• 춘천 '포지티브즈'

낮에는 카페로, 밤에는 숙소로 운영되는 공간. 1층짜리 독채를 리모델링하여 대문을 기준으로 왼쪽은 카페, 오른쪽은 숙소이다. 체크인을 할 때 웰컴 푸드로 맛있는 딸기 케이크와 차를 내어주는 게 인상적이다. 카페 운영이 마감되면 그 이후의 시간부터는 카페 공간도 마음대로 사용할 수 있다.

• 제주도 'salt'

포구 옆에 위치해 모든 객실에서 바다가 보이는 게스트하우스. 다른
게스트하우스에 비해 1인실 가격이 다소 비싼 편이지만 호텔 부럽지
않게 청결하고, 한 벽면을 가득 채운 3개의 창문 너머로 바다가 보여
심심할 틈이 없다. 경이로운 일출과 일몰을 모두 숙소 안에서 볼 수
있고, 따로 음악을 틀지 않아도 시원한 파도 소리가 배경 음악이 되는
곳. 5천 원을 추가로 지급하면 정갈한 조식도 먹을 수 있다. 창문 바로
앞의 바다를 보며, 공간을 가득 채운 가사 없는 재즈와 뉴에이지를 들
으며, 여러 가지 작업을 했던 솔트에서의 시간은 긴 여운을 남겨 한동
안 잊을 수 없었다.

반려식물 키우기

자취방에
첫 반려식물을 들이다

부모님과 함께 살던 시절, 우리 집에는 늘 시들시들한 식물들이 가득했다. 키우기 쉽다고 명성이 자자한 선인장도 내 곁에선 그리 오래가지 않았다. 지금은 집에 생기 있는 식물들이 많아 지인들은 나를 식물 박사라고 생각하지만, 사실 과거엔 선인장도 말려 죽이던 사람이었다. 선인장까지 죽인 후 우리 집에서는 식물 키우기가 금기사항이 되었다.

가족의 품에서 벗어나 4평짜리 원룸에서 첫 자취를 시작하게 되었을 때 이제 식물을 제대로 키워볼 수 있을 것만 같은

직접 가꾼 루꼴라 미니 텃밭

예감이 들었다. 정말 정성껏 키워야지 다짐하며 이케아에서 아담한 '이레카야자'를 데리고 왔다. 토퍼와 테이블 하나가 전부인 허전한 공간에 놓여진 식물은 하나뿐인 인테리어 소품이자 갓 상경한 나의 유일한 친구였다. 물도 일주일에 한 번씩 규칙적으로 주고, 햇볕도 많이 쐬어주었는데 천천히 시들시들해지더니 결국 죽어버렸다. 애지중지했던 이레카야자가 세상을 떠나게 된 이유는 사방으로 점점 커지는 뿌리를 위해 더 큰 화분에 옮겨 심어주지 못해서거나, 흙의 상태를 파악하지 않고 너무 규칙적으로 물을 줬기 때문일 수도 있다는 사실을 뒤늦게 알았다. 정해진 날짜에 한 번씩 물을 주면 쑥쑥 자랄 거라고 생각했지만 식물은 그렇게 쉬운 생물이 아니었다. 우리도 배가 부른 상태에서 계속 먹으면 체하는 것처럼, 흙이 촉촉한 상태일 때 물을 주면 과습으로 죽는 건 당연한 일이었다. 이 모든 걸 깨달은 때는 몇 개의 식물을 더 보낸 후였고, 그동안의 나는 그저 꾸준히 애정을 주는데도 내 마음을 몰라주는 식물들이 미울 뿐이었다.

죽어가는 올리브나무

한때 나는 마음이 떠난 식물에는 더 이상 눈길을 주지 않는

못된 사람이었다. 식물에서 갑자기 벌레가 기어 나왔을 때, 잎들이 누렇게 시들어 갈 때, 그 많았던 잎들이 탈모가 걸린 것 마냥 떨어져 나갈 때 문제점을 찾으려 하기보다 외면하곤 했다. 한 번은 데려온 지 얼마 안 된 올리브나무의 잎들이 우수수 떨어지는 것을 보며 이 아이는 수명이 짧구나 치부하곤 구석에 방치해뒀던 적이 있다. 남자친구가 구석에 덩그러니 놓여있는 올리브나무를 발견하고 가여웠는지 갑자기 애지중지하며 보살피기 시작했다. 식물에 관심이 없던 사람이라 조금은 당황스러웠다. 그러면서 나에게 "내가 이 나무를 살리면 너는 더 이상 식물을 키울 자격이 없어"라는 말도 덧붙였다. 내 반응은 무덤덤했다. 다 죽어가던 식물이 다시 파릇파릇 해지는 모습은 본 적이 없어서 그의 무모한 시도는 당연히 실패할 것이라고 생각했다.

며칠 뒤 10개 정도였던 올리브나무의 가지가 겨우 3개 남아있는 모습을 보고 기절초풍하였다. 물론 올리브나무의 소유권은 이미 뺏긴 상태라 큰 소리는 못 냈지만 전날 밤까지만 해도 풍성했던 나무가 왜 갑자기 횅해졌는지 다그치듯 물었다. 그는 죽은 가지가 영양분을 다 빼앗는 것 같아 가지치기를 한 거라 했다. 당황스러웠지만 우선 두고 보기로 했다.

두 달 정도가 지났을 무렵 한 가지마다 3~5개 정도뿐이었던 잎들이 20개 이상으로 늘어났다. 그야말로 대단한 성과였다. 아무것도 없이 매끈했던 굵은 가지의 아랫부분에선 아기자기하게 새로운 가지도 돋아났다. 그날 이후로 무분별하게 식물을 구매하는 버릇을 고치게 되었다. 키울 자신도 없으면서 보기에 좋다고 무작정 집에 들이던 과거를 반성했다. 식물들이 아프면 남자친구가 올리브나무에게 했던 것처럼 문제점을 찾고 관찰하기 시작했다.

병든 무화과 나무

한 번은 동대문 원단시장 길 건너편에 있는 종로 꽃가게 거리를 방문했다. 꽃시장이라고 하기에는 규모가 그리 크지 않았고, 전부 비슷하게 생긴 부스가 거리에 일렬로 쪼르르 있는 곳이었다. 다양한 모종부터 커다란 나무까지 볼 수 있었는데 수많은 식물 사이에서 무화과 나무 하나를 골라 들었다. 크기도 꽤 크고 가지에 달린 열매도 조금만 더 기다리면 수확해서 먹을 수 있을 만큼 오동통한 상태였다. '이렇게나 상태 좋은 무화과 나무를 2만 원에 사다니!' 가득 찬 만족감에 나무가 담긴 검정 봉지의 무게에 손가락이 끊어질 것 같은 아픔은 꾸역 꾸역 참아낼 수 있었다. 얼른 무화과 나무가 놓인 주방을 보고 싶단 설레는 마음으로 발걸음을 재촉했다. 그때 이 나무를 집에 들이지 말았어야 했는데.

집으로 돌아와 애정어린 시선으로 나무를 살펴보는데 한 열매 끝부분에 흰색 페인트가 묻은 것 같은 아주 작은 얼룩이 보였다. 처음에는 '어쩌다 페인트가 튀었나 보네'라며 대수롭지 않게 넘겼다. 며칠 후 열매 주위의 잎들과 초록색 열매에도 흰색 얼룩이 퍼졌다. 사태의 심각성을 알아차린 후 나는 이번만큼은 이 아이를 꼭 살리고 싶어서 검색도 해보고 식물 사전을 뒤져보기도 하고 블로그 게시글도 샅샅이 찾아보았다. 그럼에도 흰색 얼룩에 대한 실마리를 찾지 못해 혼란스러웠다. 결국 농업 기술원 사이트까지 당도하여 그간 듣도 보도 못했던, 평생 알아야 할 일이 없었을 무화과의 수많은 병명 리스트를 마주했다. 결론은 흰색 곰팡이가 피어 아주 조용하게 역병이 돌고 있었던 것이다. 이 역병이 얼마나 무섭고 심각한 것인지 알려주는 문장을 읽었을 땐 손이 벌벌 떨리기까지 했다. 무화과가 이 병에 걸렸다면 일회용 비닐장갑을 끼고 열매와 잎들을 모조리 수거해야 하는 것은 물론 바닥에 떨어진 잎들까지 전부 주운 후 과수원 밖으로 나가 무조건 불

로 태워야만 한다고. 땅에 떨어진 것까지 주워서 태우지 않으면 토양을 매개 삼아 또 다른 오염을 유발할 수도 있다고 하였다. 나의 무화과 나무가 이런 병에 걸린 이유는 토양에 의한 것으로 빗물이 땅에 닿았다 튀면서 열매에 묻어 발생했을 확률이 높다는 결론을 내릴 수 있었다. 해결책을 찾자마자 흰 얼룩이 번진 열매와 잎들을 모두 제거했다. 그랬더니 남아있는 열매는 고작 3개뿐이었고 무성했던 잎들도 많이 떨어져 부쩍 앙상해졌다. 다행히 걱정과는 다르게 얼마 지나지 않아 사라진 잎들 자리 위로 금세 새 잎이 피어났다. 휴.

이제 조금은,
아주 조금은 알겠어!

몇 번의 실패를 극복하고 난 후 식물을 들이기 전 체크해야 할 것들을 대략 알게 되었다. 그중 가장 중요한 건 우리 집의 환경을 살펴보는 일. 볕은 어느 정도 드는지, 습한 집인지 아니면 건조한 집인지, 통풍은 잘 되는지. 일단 이 3가지를 파악한 후 식물을 파는 곳에서 집의 환경에 적합한 식물들을 추천해달라고 하면 된다. 또한 계절이 변하거나 환경이 변할 때 달라지는 식물의 모습을 사진이나 그림, 글로 기록해두면 좋다.

식물의 특성에 따라 적당한 환경을 지닌 위치에 놓아주는 것은 무척 중요하다. 큰방에 두고 키웠던 '아카시아 펜타타'는 입양할 당시 가지가 3개뿐이었는데, 두 달 만에 9개까지 늘어날 정도로 잘 자라고 있었다. 그런데 생각 없이 작은방으로 이동시켰다가 시름시름 앓기 시작하더니 손을 쓰기도 전에 모든 잎과 가지가 전멸하고 말았다. 큰방은 빛이 많이 들어오고 통풍이 잘 되었지만 작은방은 빛이 많이 들어오는 구조가 아니었기 때문이었다. 반면 작은방과 맞는 식물들도 존재했다. 큰방에 놓으면 하루에 잎이 몇 가닥씩 떨어지던 '남천나무'가 있었는데 작은방으로 옮겨주고 나니 언제 아팠냐는 듯이 생생해졌다. 키우면 키울수록 점점 정답을 찾기 어렵다는 생각이 들었다.

여러 식물을 키우다 보니 3개당 하나 꼴로 이러한 시행착오를 겪게 되었다. 식물을 구매할 때 어느 순간 물을 줘야 하고, 어떻게 해야 잘 키울 수 있을지, 꼼꼼히 물어보고 실천에 옮겨도 예측하지 못한 어려움(잎이 누렇게 변한다거나, 벌레가 생긴다거나, 잎이 우수수 떨어진다거나)을 마주했다. 그런 어려움들을 직면할 때마다 블로그를 뒤져보며 문제점을 찾아보는 것도 한계가 있었다. 식물과 관련한 생생한 정보에 갈증을

늘 느끼고 있던 찰나 우연히 '플립'이라는 사이트(fuleaf.com)를 발견하게 되었다. 플립은 식물 초보자들이 알아두면 좋을 정보를 쉽게 풀어 설명해 주고, 식물에 문제가 생기면 해결할 수 있도록 도움을 준다. 정보가 궁금한 식물의 이름을 검색하면 키우기에 적절한 빛과 온도, 과습을 피하기 위한 습도, 계절마다의 물 주기 방법, 적합한 흙의 종류, 분갈이 시기, 벌레가 생겼을 때 대처하는 법 등 식물을 조금 더 잘 키우기 위해 알아두면 좋은 여러 가지 팁들을 제시해 준다. 아무런 대가 없이 정보를 얻어가는 게 민망할 정도로 알차다.

식물은 자신의 감정과 컨디션 표현이 아주 솔직하다. 내가 관심을 주는 만큼 건강한 잎으로 나를 맞이해주지만 조금이라도 소홀히 한다면 금세 시들해진다. 식물을 잘 키우는 데는 정답이 없어서 더 자주 들여다보고 애정을 주는 게 최선인 것 같다. 몇 개의 식물을 키우면서 다른 취미에서 느끼지 못한 행복을 참 많이 느꼈다. 진한 녹색 빛을 띤 잎들 사이에서 파릇파릇한 연두색의 잎이 솟아난 날은 특히 그랬고, 앓던 식물이 조금씩 회복세를 보이는 날은 더 행복했다. 혼자 살고 있지만 이 친구들 덕분에 어쩐지 외롭지 않다는 기분이 든다. 그 기분이 내 삶을 꽤 풍족하게 만든다.

다양한 식물이 놓여 있는 자취방

실내에서 무난하게 잘 자라는 식물

- 대체적으로 벽에 걸어서 키우는 행잉 식물들이 바닥에 두는 식물보다 관리하기도 쉽고 잘 죽지 않는다. 창가에 걸어 두거나 선반에 올려 두면 인테리어 효과도 있다. 립살리스 계열과 크로소카디움이 다른 식물보다 키우기 수월한 편. 단, 고사리 계열은 습도에 민감하고 수시로 잎들을 관리해줘야 해서 키우기 다소 까다롭다.

- 특별히 관심을 주지 않아도 알아서 무럭무럭 자라는 야자계열(홍콩야쟈, 이레카야자 등)도 실내에서 키우기 쉬운 편이다. 직사광선만 잘 피해주고, 물 줄 시기만 챙기면 금방금방 새 잎을 볼 수 있다. 늦가을에 붉은 단풍잎으로 변하는 남천나무도 생명력이 강하다.

홈베이킹, 홈레스토랑, 홈바

집에서 빵을 굽고, 요리를 하는 것의 의미

집에서 나는 향 중 내가 가장 좋아하는 건 갓 내린 커피 향과 빵 굽는 냄새이다. 제아무리 향기로운 디퓨저도, 탈취제도, 향초도 커피와 빵 냄새를 이길 순 없다. 4평짜리 좁은 원룸에 살았을 때 가장 좋았던 점은 빵을 구우면 순식간에 집 안 전체에 고소한 냄새가 퍼진다는 것이었다. 혹여 냄새가 빠져나갈까 봐 창문도 열어두지 않고 오븐에서 갓 꺼낸 따끈따끈한 빵을 먹곤 했다. 오븐의 열기 덕분에 포근해진 방의 공기를 들이마시는 것 또한 참 좋아했다.

내가 생각하는 홈베이킹의 유일한 단점은 적정량으로 재료들을 계량하고 만들었음에도 혼자 먹기에는 많은 양이 만들어진다는 것이다. 부족한 실력이라 누군가에게 선물하는 건 조금 긴장되었지만 하나둘 나름 예쁘게 포장을 해서 회사 동료들에게 나눠주곤 했다. 직접 만든 빵이라고 하면 다들 참 좋아하며 먹었다. 대단한 맛이 안 나더라도 소박한 정성이 일단 점수를 먹고 들어가게 해주는 것일까? 그렇게 직접 빵을 만들고 요리하는 재미에 빠지게 되었다.

특히 집에 누군가를 초대하면 꼭 내 손으로 요리를 한다. 힘들게 우리 집까지 와준 발걸음에 작은 추억을 선사하고 싶을 때 요리만큼 좋은 게 없는 것 같다. 물론 서투른 솜씨지만 그마저도 따뜻한 시선으로 바라봐 준다. 요리는 조심성 없고 산만한 내게 인내심을 길러주기도 한다. 잠깐이라도 한눈을 팔면 바로 실패하는 초보이기에 요리하는 동안은 항상 불 앞에서, 오븐 앞에서, 도마 앞에서 오로지 음식에만 집중을 한다. 그렇게 집중해 만든 음식들은 언제나 꽤 맛있었고, 소소한 만족감을 선사해 주었다. 또 해 먹고 싶은 메뉴들은 나만의 레시피 노트(58쪽)에 기록하여 두고두고 소중하게 간직하고 있다. 기록이 한 장 두 장 쌓일 때마다 요리라는 취미가 더 재밌게 느껴진다. 새로운 요리에 도전해보고 싶다는 설렘과 호기심도 생긴다.

바지락 술찜 〈Hnc party food〉

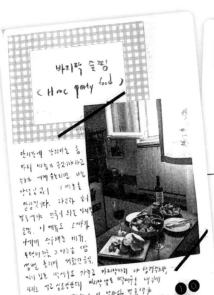

단시간에 간단하게 술마디 비슷한 무엇이라하고 누가 내게 한다면 비는 일번으로 이 메뉴를 뽑을것이다. 가난한 화려함이라 먼저 되는 비쥬얼 술찜, 이 배를 2분안에 내게 설레보게 했던, 4년비청, 그 가격을 담 쌤한 올리에 거칠만큼에, 이이 보고 딱새우요 가볍고 바지락끼리 내 향긋하게 차려, 가기 싫은즈만데 비싼걸 생각 먹더라을 내밀며 내맘을 소란, 안 했었더라, 이 술마는 별로에게...

재료
바지락 2줌, 소주한병(=화이트와인), 다진마늘, 버터, 기호에 따라 매운고추(=페퍼론치)

소요시간: 10분

① 버터와 마늘을 볶는다. 그리고 바지락 두줌을 넣고 이구리듯 볶는다.

② 바지락이 입을 쩍쩍 살짝벌리면 소주를 반쯤 붓듯이 넣고 알코올향도로 물을 올려끓인다. 기호에 따라 매운고추 또는 페퍼론치를 넣어서 얼큰하게 하기도 좋다.

③ 술이 다 날아갈 때 물불을 끄고 그릇에 국물 담아 들깨가루를 뿌린다.

Tip 바지락국물은 커리, 간식, 딱새우 넣어도 맛있다.

*크로스타드에 찍으면 더 좋음.

재료
쏘시지, 곤드레나 호소곡, 버터 한숟갈

소요시간: 3분

① 문치를 해썬다

② 버터를 팬에 두르고 해썬 쏘시지 볶는다 (쎈불로 🍳🍳🍳)

③ 계속 볶는다. 호화물이 쉽게 죽는다. 고 후 쌀을 전체적으로 자라벨색이 되면 튀기후 통시러고 그 수 을을 굴리장을 넣기후에 〈우라기리〉 넣기후 쏀 불로 끓여주면 끝!

Tip. 인내심이 소요하다. (Time. 30분도) 치킨버거 천국에 있으면 맛줄. 추드셔도

재료
올리신 비닐타래, 회카키리, 이론보, 블럭 드리프, 투주, 토포샘, 체다치즈, 리츠크림

소요시간: 5분

tomato cream pasti

Chicory

(원위빠에서 토막)

① 바게트를 세로로 먼스 잘라준다. (가로X) 한결에 마다 쟁을, 모네컬레는 크림치즈를 발라준다.

② 회카키리 먼저 밴 얇게 깔아주후, 잔라래인지에 돌린 이론보 얹고후, 통두요를 뿌려주고 치즈를 그 계에 깐다.

③ 치즈 기기 물렁물러보를 올리고 (반드시 갈라지) 그 위기 또히 치즈를 올리면 든든다.

Tip 쟁은 토핑이 너일 쫄 밸런다.

*장리면 전바래인지에 치즈쏘을 꼭! 토됐요, 또 토요앙을 콜민니가 찐들거요 원으면 내맘 쫄렉되다.

▶ 영상 Play
〈심야 홈베이킹〉

돈을 아끼려고 홈바를 열다

2018년 여름, 이른 퇴근을 하는 날이면 집과는 반대 방향인 을지로 칵테일 바로 향했다. 소주는 싫어하지만 하필 달달한 술은 좋아하는 탓에 덜컥 칵테일에 빠졌고, 참 맛있는 칵테일 한 잔의 가격은 소주 2병 값을 훌쩍 뛰어넘었다. 더 큰 문제는 칵테일 옆에 딸린 안주에도 상당히 많은 돈을 쏟아부었다는 것. 매일 열심히 일을 하는데 깨진 독에 물을 붓듯 돈이 모이지 않는 것을 깨닫곤, 홈바를 열었다. 음… 뭐 술을 줄인다는 간단한 방법도 있지만 좀 더 나다운 방법을 찾은 것이다. 어쩌다 '남대문 시장에서 위스키를 사면 저렴하다'라는 글을 보고는 다음날 바로 남대문 시장 지하로 향했다. 세계 주류 코너에 멈춰서자 눈이 돌아갔다. 흥분한 마음을 겨우 달래며 '바카디'와 '봄베이 사파이어' 2병을 집어 들었다. 집으로 돌아가는 길에 서점에 들러 칵테일 관련 책도 한 권 샀다. '돈을 절약할 수 있는 거 맞겠지?' 잠시 의심이 들긴 했지만 설레고 가벼운 발걸음으로 귀가를 서둘렀다.

그날 이후로 나는 '예진문 홈바'의 단골손님이 되었다. 가게에서는 한 잔에 기본 7,000~15,000원 하는 가격이 부담돼 아껴 먹겠다고 몇십 분마다 한 모금씩 홀짝거리는데, 집에서는 벌컥 벌컥 마셔도 된다니 이 얼마나 행복한 일인지. 부자가 된 기분이었다. 물론 비용이 줄어드는 대신 약간의 노동이 필요하긴 했지만 전혀 고되지 않았다. 특별한 기술을 요하지 않는 대중적인 칵테일은 비율만 맞추면 바에서 사 먹는 것과 얼추 비슷한 맛이 나기에 실패할 확률도 낮다. 사실 비율마저도 마셔가며 눈대중으로 맞춰도 괜찮다. 그렇게 내 레시피북엔 홈칵테일 레시피가 하나둘 늘어나고 있다. 후기를 꼼꼼히 써 둔 레시피북을 메뉴판 삼아 예진문 홈바를 찾는 지인들에게 각자의 입맛에 꼭 맞는 인생 칵테일을 찾아주고 싶다.

▶ 영상 Play

〈홈카페 말고 홈바〉

홈칵테일 만들 때 있으면 좋은 최소한의 도구

- 지거 : 모래시계 모양처럼 생긴 칵테일용 계량컵. 일반 요리용 계량컵과 달리 1온스(1oz, 약 30ml)를 기준으로 측정할 수 있는 것이 특징이다.

- 바스푼 : 길고 얇은 스푼. 한쪽은 스푼 형태이고 반대쪽은 포크 형태인 제품이 흔하다. 보통 재료를 섞을 때나 지거로 계량하기에 애매한 양을 계량할 때 사용한다. 나선 형태의 손잡이 부분에 술을 따르면 흐르는 속도가 느려져 칵테일에 층이 생기기도 한다.

- 믹싱 쉐이커 : 재료들을 섞을 때 사용한다. 스트레이너라는 거름망이 내장되어 있는 제품을 사용하면 건더기를 거르기 편하다. 칵테일 전용 쉐이커가 없을 경우 마개를 닫고 흔들어 섞을 수 있는 일반 물통을 사용해도 된다.

예진문 홈바 BEST 4 홈칵테일

1. 모히또

- 재료: 바카디 30ml, 라임 1개, 애플민트, 설탕 1T

- 만드는 법

  ① 라임은 한입 크기로 조각내고, 애플민트는 손으로 대강 찢는다.

  ② 그릇에 라임, 애플민트, 설탕을 넣고 포크로 짓눌러가면서 섞는다. 머들러가 있다면 활용해도 좋다.

  ③ 얼음 잔에 ②와 바카디를 넣고 잘 저어주면 끝.

2. Gin & Juice

- 재료: 봄베이 사파이어 30ml, 시판 탄산 자몽주스 1병(분다버그 핑크자몽 추천), 자몽 1개

- 만드는 법

  ① 봄베이 사파이어를 얼음 잔에 따른다.

  ② 자몽을 반으로 잘라준다(반은 즙용, 반은 가니쉬용)

  ③ 잘라 놓은 반 개의 자몽으로 잔에 아낌없이 즙을 짠다.

  ④ 탄산 자몽주스를 적당량 넣는다. 자몽즙+토닉워터의 조합도 좋지만, 자몽즙+자몽맛 탄산 음료와의 조합을 추천한다. *꼭 자몽주스가 아니더라도 자신이 좋아하는 과일 음료 무엇이든 넣고 만들어도 된다. 사과주스를 넣어도 잘 어울린다.

  ⑤ 잘 저어주고 자몽을 슬라이스해 가니쉬를 만들어 장식한다.

3. 하이볼

- 재료: 봄베이 사파이어 30ml, 레몬즙 15ml, 토닉워터, 레몬 반 개(가니쉬)

- 만드는 법

  ① 봄베이 사파이어를 얼음 잔에 따른다.

  ② 잔에 레몬즙을 따른 후, 토닉워터를 조금씩 채워준다.

  ③ 잘 저어주고 레몬을 슬라이스해 가니쉬를 만들어 장식한다.

4. 캐모마일 자몽청 하이볼

- 재료 : 봄베이 사파이어 30ml, 자몽청 1.5T, 캐모마일, 토닉워터,
  타임 또는 딜

- 만드는 법

  ① 봄베이 사파이어 병 안에 캐모마일 티백을 넣고 6시간 동안 냉
     침시킨다.

  ② 잔에 자몽청을 넣고, 봄베이 사파이어를 넣어 섞는다.

  ③ 탄산이 과하게 생기지 않도록 토닉워터를 조금씩 채워준다.

  ④ 얼음을 넣고 측면에 타임 또는 딜을 꽂으면 완성.

패브릭 제품 만들기

흩날리는 원단 먼지만 한
작은 꿈을 품고…

2년 6개월 동안 살았던 관악구를 벗어나 종로구로 이사를 왔을 때 가장 좋다고 느낀 건 다름 아닌 동대문 원단 시장이 가깝다는 것이었다. 이사한 지 얼마 되지 않아 퇴사를 하게 되었고 한 번씩 무기력함이 나를 덮칠 때면 원단 시장으로 향했다. 첫인상은 바쁜 사람들 천지라는 점. 나를 제외한 모두가 바빠 보였다. 한 손 가득 샘플 원단을 들고, 다른 손에는 핸드폰을 들고 거래처와 통화를 하며 빠르게 내 옆을 지나쳤다. 세상 사람들 모두가 앞으로 전진하고 있는데 혼자서만 제자리걸음을 하고 있단 생각이 들었다. 회사에 다닐 땐 나도 매일 7시에 일어나 출근 준비를 하고, 사람이 미어터지는 2호선에 몸을 싣고, 앞만 보고 정신없이 걷곤 했는데… 지난날의 내 모습이 스쳐 지나갔다. 퇴사라는 간단한 사실 하나가 내 마음을 많이도 흔들었고, 평소라면 별생각 안 들었을 장소의 모습이 특별하게 와닿았다. 좁은 길목을 빠르게 지나는 사람들 틈에 속하고 싶어 발걸음을 재촉하며 원단들을 훑어보았다.

N동 4층을 가니 소량으로도 원단을 구매할 수 있었다. 다른 동, 다른 층에 비해 비주얼적인 면에서는 약간 뒤떨어지는 느낌이 들었지만 보물 찾기 하듯 계속 찾다 보면 꽤 괜찮은 원단도 보였다. 사업자도 없고, 구체적인 계획도 없어 갈 곳 잃은 초보자들에게 안성맞춤인 곳이다. 맘에 드는 원단이 있을 때마다 일명 '호갱'이 되지 않기 위해 아무것도 모르지만 최대한 자주 방문하는 것 같은 표정으로 사장님들에게 말을 건넸다. "샘플 먼저 제작하려고 하는데, 1마에 얼마예요?" 보통 1마는 판매하지 않는다고 선을 긋는데 샘플 먼저 제작해 보고 나중에 대량 주문을 넣을 예정이라 답하면 그러려니 하고 가위를 집어 드신다. 사실 1마만 구매하려고 한 거짓말은 아니고 나중에 패브릭 관련 사업을 하고 싶단 작은 꿈을 품고

있긴 했었다.

  내 손으로 처음 구매한 원단은 총 3가지. 보라색 꽃무늬 패턴이 귀엽게 인쇄된 원단 4마(12,000원)는 커튼으로 제작하기 위해 샀고, 베이지색 배경에 블루 계열의 스트라이프가 옅게 그려진 원단 2마(6,000원)와 야리야리해 보이는 분홍색 꽃무늬 패턴의 원단 1마(4,000원)는 베개 커버를 만들어 지인 부부에게 선물하려고 구매했다. 패브릭 쇼핑을 마친 후에는 집으로 곧장 가지 않고 A동 지하에 있는 수선집에 방문했다. 나는 뜨개질이나 바느질처럼 가만히 앉아서 하는 일을 잘하지 못할뿐더러 해본 적도 없기에 수선집 사장님의 손을 빌리기로 한 것이다. A동 지하에는 각종 부자재와 원단, 커튼 등을 판매하는 가게들이 있었고 그 사이사이마다 수선집들이 자리 잡고 있었다. 당연히 대량 주문을 더 환영하긴 하지만 소량도 받아 주시기에 원단을 구매하고 지하에서 수선까지 한 번에 해결하는 것도 좋은 방법이다. 조금 한가해 보이는 집을 골라 커튼 2개와 베개 커버 4개, 테이블보 1개 제작을 요청했다. 대략 수선 가격은 커튼은 장당 4,000원, 베개 커버는 장당 3,000원, 테이블보는 6,000원 정도였고, 시간은 앞에 있는 주문 건들로 인해 어느 집이든 기본적으로 2시간씩 소요되는

것 같았다. 우리 집 근처에 미싱 거리가 있어 밤낮없이 미싱 돌리는 소리가 들려오지만 그곳은 대량 주문 위주로 돌아가는 곳이라 나 같은 피라미는 눈길도 주지 않는다. 여러 번 퇴짜를 맞고 이곳을 찾았는데 나름 만족스러웠다.

나만의 브랜드 : Oth,

처음 갑작스레 원단 시장에 간 이유는 퇴사 후 무기력증에서 벗어나기 위함도 있었지만 패브릭 관련한 사업을 구상하고 있던 중이기도 해서다. 나만의 브랜드를 만들고 싶다는 생각은 오래전부터 막연하게 해왔었고, 여러 브랜드를 만들어보려고 많은 준비를 했었지만 늘 시작도 해보지 못하고 준비 단계에서 모두 물거품이 되었다. 회사를 다니고 있을 때는 달마다 안정적으로 들어오는 수입의 안정감에 취해 열정적이다가도 금세 나태해지곤 했다. 하지만 퇴사를 한 이후에는 그럴 수 없었다. 퇴직금의 앞자리 수가 작아질 때마다 불안감은 커졌다. 시간적인 여유는 회사를 다닐 때보다 많이 생겼지만, 마음의 여유는 그렇지 못했다. 실패할지라도 일단 뭐라도 해야 했다.

Oth,

Oth, uses inspiration from daily life and travel to create a story. Based on the story, a brand is developed by holding a photo exhibition that allows indirect experiences. Based on the photos taken by the director, we create products that stimulate the five senses such as sight, smell, and touch. Through this, we try to contemplate so that various stories can coexist in your space, and propose a method in which images and emotions can exist in a multidimensional form rather than a photographic form.

내가 좋아하는 것, 잘할 수 있는 것에 대해 차분히 생각해 봤다. 나는 사진과 영상 찍는 것을 좋아하고, 집 꾸미는 것을 좋아하며, 무언가 기획하고 스토리 입히는 것도 좋아하는데 이것들을 하나로 엮으면 무엇이 될까? 사진과 인테리어란 키 워드를 조합해봤을 때 가장 먼저 떠오르는 건 종이 포스터지만 사진을 종이로 프린트하는 건 흔한 전개 방식이니 조금 다르게 변화시켜보고 싶었다. 내가 직접 찍은, 스토리가 담긴 사진들을 좀 더 다양한 재질로 풀어내는 건 어떨까? 정지된 이미지인 사진으로 움직이는 패브릭 포스터를 만드는 건 어떨까? 살짝 비침이 있으며 가벼운 바람에도 쉽게 흔들리는 얇은 천에 내가 감흥을 얻었던 풍경 사진을 프린트하면 꽤 재밌는 장면이 펼쳐질 거란 예감이 들었다. 누군가의 공간에 내가 보고 느낀 일렁이는 물결을, 바람 부는 숲을 옮겨놓을 수 있을 것만 같았다. 본가인 청주에서 백수 신분으로 불편하게 쉬고 있다가 이런 생각이 들어 그날은 설레는 마음에 밤잠도 이루지 못했다. 다음 날 첫차를 타고 서울로 올라와 동대문 원단 시장으로 향했다.

출석 도장을 찍듯 몇 주 내내 원단 시장을 찾았다. 두께가 얇은 원단들을 1~2마씩 샘플로 뗀 후, 매일 10곳 이상씩 프린

팅 업체를 찾아 전화를 돌렸다. 아는 것 하나 없던 무지의 상태에서 이 시장에 뛰어들었으니 거래처에는 어떤 형식으로 문의를 해야 하는지도 모르고, 기본적인 원단 관련 용어도 생소해 사소한 것 하나하나 한 걸음 진전시키는 데 꽤 오랜 시간이 걸렸다. 대폭과 소폭의 차이점, 폴리와 면을 전문으로 프린팅하는 곳이 각각 따로 있다는 점 등 아주 기초적인 공식들을 차근차근 알아가며 천천히 추진해나갔다. 원단이나 프린팅 관련해 내가 알지 못하는 용어들을 마주하면 업체 사장님들에게 바로 연락을 해 묻고 또 물어 습득을 하려고 무척이나 애를 썼다. 사실 나는 배달 어플의 최대 수혜자로 음식 주문 전화조차 벌벌 떨며 할 정도로 소심한 성격이다. 허나 직접 부딪히지 않고 계속 회피하면 평생 같은 자리만 맴돌 거라는 불안한 생각이 들어 악착같이 노력했다.

그렇게 고군분투한 끝에 나의 첫 번째 패브릭 포스터가 완성되었다. 한강 사진을 얇은 패브릭에 담아 투명하고 반짝이며 일렁이는 물결을 표현했다. 소소한 취미로 시작해 이리 부딪히고 저리 부딪혔을 뿐인데 나만의 브랜드가 탄생한 것이다. 생각보다 한강 패브릭 포스터는 큰 사랑을 받았고, 현재는 집 근처에 사무실을 하나 얻을 수 있을 정도로 사업이 확장되었다. 처음엔 모든 것이 어려웠다. 몇 년간 회사라는 울타리에 속해 디자인 업무만 할 줄 알던 사람이 디자인은 물론 경영과 상품 제작, CS 등 한 브랜드를 운영하기 위한 낯선 일들을 배워 나간다는 게 정말 어려웠다. 나의 무지함에 매일매일 난관을 마주했고, 하루하루가 꽤나 괴로웠다. 그러나 이러한 과정이 없었으면 아마 계속해서 제자리걸음만 했을 것이다. 다음 스텝으로 가기 위해 넘어지고 또 넘어지는 것이 일상이었지만, 넘어진 만큼 성장하게 되었다.

지금은 패브릭 제품을 시작으로 제품군을 확대하고 있다. 일상과 여행 속에서 받았던 영감을 엮어 이야기를 만들고, 내가 느낀 감흥을 간접 체험할 수 있는 제품들을 제작해 'Oth,(오티에이치콤마)'라는 브랜드를 전개하고 있다. 직접 촬영한 사진을 기반으로 오감을 자극하는 상품을 제작하여 사진이 정지된 이미지가 아닌 다차원적인 형태로 존재할 수 있는 방법을 제안하는 것이다. 패브릭 포스터를 시작으로, 여행을 하며 느꼈던 감정과 공간의 분위기를 향으로 풀어 인센스

스틱을 제작하기도, 반짝반짝 빛나는 윤슬 사진에 빛을 더해 램프를 출시하기도 하였다. 사진에 내포된 감정과 이야기를 제품뿐만 아니라 다양한 콘텐츠로 풀어 바쁜 일상을 살아가느라 지친 사람들에게 작은 숨구멍이 되어 주고자 노력하고 있다. 많은 이들의 공간 속에 내가 전하고 싶은 이야기가 공존할 수 있길 바라며 매일 이런저런 행복한 고민을 하고, 다양한 상상의 나래를 펼친다.

여행의 기록에서 영감을 받아 제작한
패브릭 포스터와 인센스 스틱

특별한 목표도 꿈도 없이 그저 흘러가는 시간을 평범하게 보내왔지만 순간순간 내가 좋아하는 것들에 대한 기록을 멈추지 않았더니 나란 사람을 표현할 수 있게 되었다. 나아가 내 취향들을 하나로 모으니 나만의 브랜드가 탄생했다. 무언가 대차게 추진하는 게 두려워서 그저 소소하게 기록해왔을 뿐인데 그 기록들이 결국 나를 움직이게 했다. 계속 쌓여가는 기록들이 또 나를 어디로 데려다줄지 무척이나 설렌다.

문득 5년 뒤의 내 모습이 궁금해졌다. 이제까지의 삶을 살아오면서 처음으로 느끼는 감정이다. 그리고 누구나 자신이 좋아하는 것에 대해 꾸준히 흔적을 남긴다면 분명 무언가를 이룰 수 있다고 말해주고 싶다.

▶ 영상 Play

〈마지막이다 생각하고 내 브랜드를 만들었다〉

취미기록 함께 공유해보아요!

자신만의 취미에 대해 기록하고 함께 공유해보는 건 어떨까요? SNS 부계정을 따로 만들어도 좋고, 일상을 올리던 계정에 해시태그를 구분해 올려봐도 좋아요. 혼자 사부작사부작 기록하고 다시 들춰보는 것도 재밌지만, SNS에 공유하면서 취향이 맞는 사람들과 소통하는 것도 취미를 이어 나가는 데 큰 힘이 된답니다. 사진을 멋지게 찍고, 글을 잘 쓸 필요는 없어요. 오롯이 나를 위해, 내가 좋아하는 것에 대해, 애쓰지 말고 좋아서 하는 기록을 했으면 해요. 일상의 숨구멍이 되어주는 소중한 취미를 기록으로 남겨 더 오래오래 지키길 바랍니다. 평범한 취미도 흔적을 남기면 분명 특별해질 거예요.

yejinmoon_   •••

♥ ○ ▽   • • • • •

@yejinmoon_ 새로 생긴 취미 홈바.
어떻게 하면 이 집에 놀러 온 사람들에게 괜찮
은 술을 대접할지, 행복한 고민을 하는 날들이
부쩍 늘었다.

#예진_홈바 #예진바

#좋아서하는취미기록 해시태그를 달고, 서로의 취미를 공유해보아요.

#산책 #달리기 #등산 #여행 #피크닉 #영화 #카페탐방 #맛집탐방 #빈티지샵투어 #LP #엽서
수집 #포스터수집 #잡지수집 #스티커수집 #문구수집 #그릇수집 #다이어리꾸미기 #손글씨
#편지쓰기 #패브릭 #뜨개질 #자수 #그림 #수채화 #바느질 #퍼즐 #레고 #사진 #필름카메라
#영상 #브이로그 #인테리어 #라디오 #반려식물 #커피 #차 #홈카페 #홈바 #홈베이킹

- 꾸준히 기록해보고 싶은 취미를 생각한 후 나만의 해시태그를 정해보세요. 태그를 달 때 취미 앞에 내 이름을 붙이거나, 내 이름을 응용한 새로운 단어를 만들어도 좋아요.

  #예진_홈바 #예진_홈베이킹 #예진_여행 #예진_산책

  #예진바 #문식당 #예진meal #예진film

- 취미가 무엇인지 모르겠거나 글을 쓰기 어렵다면, 좋아하는 물건이나 공간, 스쳐 지나가는 장면을 사진으로 기록하는 것도 괜찮아요. 하늘, 바다, 나무, 햇빛 등 자연의 모습을 수집하는 것도, 길에서 만난 고양이 사진 찍기도 꾸준히 지속하면 멋진 취미가 될 수 있답니다.

  #예진_자취방 #예진_사무실 #예진_카페

  #예진_하늘수집 #예진_나무수집 #예진_엽서수집

- 아날로그 기록물을 만들어보는 것도 매력적이에요. 마음에 드는 노트를 골라 스티커도 붙이고 그림도 그려가며 한 장 한 장 차곡차곡 손기록을 쌓아보세요. 기록물에 이름을 붙여 SNS에 공유하면 더 좋고요!

  #레시피노트 #티켓수집기록 #식물일지 #등산일기 #영화리뷰기 #자수작품집

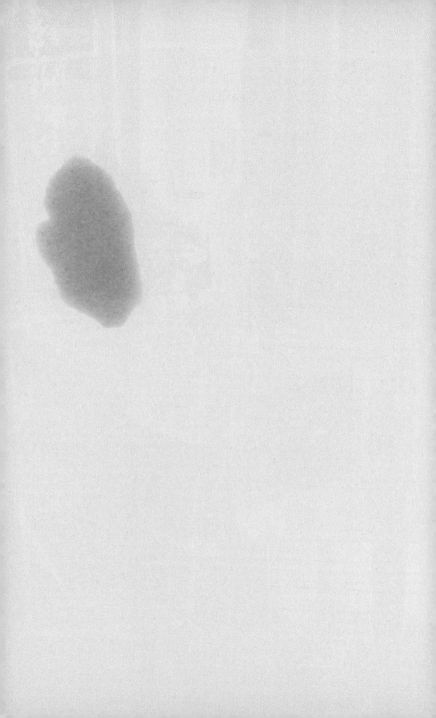